港

曾珊珊　著

作家出版社

图书在版编目（CIP）数据

港／曾珊珊著 . -- 北京：作家出版社，2021.10
ISBN 978 - 7 - 5212 - 1472 - 7

Ⅰ . ①港⋯ Ⅱ . ①曾⋯ Ⅲ . ①长篇小说 – 中国 – 当代
Ⅳ . ①I247.5

中国版本图书馆 CIP 数据核字（2021）第 124792 号

港

作　　者：曾珊珊
责任编辑：李亚梓
封面设计：百丰艺术
出版发行：作家出版社有限公司
社　　址：北京农展馆南里 10 号　　　　邮　　编：100125
电话传真：86 - 10 - 65067186（发行中心及邮购部）
　　　　　86 - 10 - 65004079（总编室）
E – mail: zuojia@zuojia . net . cn
http: // www . zuojiachubanshe . com
印　　刷：三河市北燕印装有限公司
成品尺寸：152 × 230
字　　数：163 千
印　　张：13.75
版　　次：2021 年 10 月第 1 版
印　　次：2021 年 10 月第 1 次印刷
ISBN 978 - 7 - 5212 - 1472 - 7
定　　价：45.00 元

目　录

第一章

新主意——AI

大威尔士港的洲际酒店客房内

艾伯纳·埃文斯的手机里来了一条消息，他点开后，一字一句地阅读起来，这是华盛顿那边的朋友在华盛顿时间 2018 年 2 月 15 日发给他的，更准确地说是透露：

> *232 调查报告认为，进口钢铁和铝产品严重损害了美国产业，威胁到美国安全。美国商务部据此向特朗普提出建议，对进口钢铁和铝产品实施关税、配额等进口限制措施。*

字又小又斜，艾伯纳捧着这新鲜出炉还热乎乎的消息走进浴室，把手机架在镜子旁的支架上，拿起剃须膏向两腮挤了几下，正要再仔细读一读，这时，手机铃声响了，是弟弟华德从美国打来的。

"Hello！艾伯纳，我最亲爱的兄长，我们又多了两位中国客户，到本周一为止，埃文斯兄弟银行美国联邦分行共有十五位新开账户的中国客人，他们都在美国从事贸易，而且规模小，主要做中美两国的进出口贸易。现在正值中国新年……"

"第十六位呢？"

"噢，不，艾伯纳，这真的已经足够了。你将要推出的那几项新服务，我认为，存在着相当大的风险隐患。"

"又一个'相当大'？告诉我为什么？"艾伯纳在浴室内一边对着镜子刮胡须，一边问。

"首先，这里虽然是美国，但我们银行不是在纽约港的自由贸易区内，我们这里并非自贸港，我们提供服务是受到很多限制的。可你总是想给那些中国客人推出过于宽松的服务、过于简化的政策与程序，让他们享受到自由贸易港金融机构服务的感觉，像是在香港，sorry，中国香港、新加坡，这几乎不可能。"

"这能否说'相当大'？"

"第二，OCC，也就是货币监理署，你知道的，它是美国联邦政府对在美运营的外资银行联邦分行实施监管的直接机构。OCC 的监管是以风险考量为基础的监管。风险考量！上一个周期的检查中，我们银行的 ROCA 评级结果是 2。"

"听上去不错。"艾伯纳满脸泡沫，对着镜子轻松地说。

"什么？艾伯纳，你难道不知道吗？如果联邦分行的综合 ROCA 评级到了 3 或更高，那将会触发 OCC 采取某种惩罚行动，这可谓问题严重。那样的话，我们有可能会面临停业、民事罚款、禁止令等等，甚至有可能被驱逐出美国金融市场。即便，即便是得了 2 分，我们也难免存在需要整改的问题，OCC 随时会与我们商榷整改举措。所以，我们下一个目标是把 ROCA 评级结果降到 1 甚至更低。"

"这也几乎不可能，你以为美联邦会给你评个 0 分？"艾伯纳不屑一顾地说。

"这是我们追求的目标。"

"疯了，你个疯子。"艾伯纳放下了手里的剃须刀。

"你才是个疯子。第三……"

"噢，不！"艾伯纳被弟弟这般固执弄得大叫了一声。

"第三，还有那些不确定的、无法预测的因素，我们称之为不可抗拒风险。"华德又给出了一个教科书般的回答。

"请继续……不可抗拒的风险是什么?"

"不确定。"

"预测一下。"

"无法预测。"

"这就是第三?"

"是的。"

电话两头同时出现一阵沉默。

艾伯纳重新拿起剃须刀,刚刮了一下胡子,华德首先打破了沉默,问道:"艾伯纳,中国自贸区和大湾区的业务进展得……"

"进展?你居然主动向我提起进展?进展早被我们的风险监管团队扼杀在它刚出现的那一时刻。"艾伯纳手里举着剃须刀一边说,一边比画,刀片上的泡沫不停地向面前的镜子上飞溅。

"艾伯纳,请冷静一下,是的,关于拓展中国市场的方案,我也觉得我们的团队有些保守。"

"有些保守?简直是不可理喻。"

"可数据显示,我们的资本规模不允许我们冒这样的风险。从中国大陆自贸区目前的情况来看,那里相当年轻,他们的政策并未完全开放,只是逐步地放宽,这令我们无法完全施展。况且,我们之前从未涉足过中国市场,我们对那里并不熟悉。艾伯纳,你在听吗?"

"华德,数据显示我们能够做什么?"

"redundancy,上次我们两人商量的那件事情,只有我们两人。"

"好吧,由你负责。"

"艾伯纳,对于这件事情,我有个新主意。"

"请讲。"

"我建议使用我们系统中的新功能，人工智能。"

"随你。"

"非常感谢！祝你在大威尔士港的会议顺利，过得愉快！"

与弟弟的通话结束后，艾伯纳用一根手指在手机上滑了几下，回到通话前看的那条消息，双眼紧盯住屏幕，又一字一句地看了两遍，然后继续刮起了胡子，手机依然安静地立在镜子旁，由亮屏进入到屏保，逐渐黑了下来。

埃文斯兄弟银行怀特港总部人力资源部经理卡特丽娜的电子邮箱里来了一封新的加密邮件，发件人是华德，发件时间是 2018 年 2 月 27 日，而收件人里只有她一人。她意识到这是件重要的事，于是放下手中的咖啡杯，向门的方向看了一眼后，打开邮件。这邮件看似例行公事，可其中提到的人工智能，让她有点搞不清楚。她立刻拨通了华德在美国办公室的电话。

"你好，华德，我是卡特丽娜。我现在能否就我刚收到的这封电子邮件内容与你交谈？"还没等她详细询问，对方便说了起来。

电话持续了五分钟，在这段时间里，卡特丽娜的嘴没有动过一下，双眼也几乎未曾眨过一次，她注意力高度集中地听着对方说出的每一个字，不能有任何疏漏。左手无名指上的那颗钻石也定住了，一动不动。

"好的，明白。"

放下电话后，卡特丽娜马上写了一封新邮件，收件人是本部门所有员工。邮件的全部内容只有主题处的一句话："今日 5∶00pm 部门会议，内容是关于 3 月份 questionnaire（问卷调查），全体参加。"写好后，她又习惯性地仔细检查一遍，然后点击了"发送"。左手的那颗钻石继续有节奏地晃动起来，时而还闪起了光。

行政事务部的办公室内，人力资源部员工卡萝尔正在与行政事务部助理兆小促（薇薇安）交谈：

"薇薇安，这一轮的员工问卷调查都完成了吗？"

"我负责的这几个部门员工的问卷调查都完成了，系统中显示都已提交，你可以查一下。"兆小促见到能说会道的人力资源部门同事，立刻兴奋起来，双眼冒光，满脸笑容地答道。

"我今早刚刚查过，好像还有三位员工未提交？"

"是的，我也看到了，但目前都已搞定。"

"多谢，薇薇安，你真好！"卡萝尔说完向里面看了看，问道："梅根不在？"

"她去财务部了。你找她有事？"

"昨天的那份文件她是否已签好了字？"

兆小促连忙走进经理梅根的办公室，迅速从桌角的文件盒里抽出一份文件，快步走回到卡萝尔面前，说道："你想要的一定是这份文件。"

"没错，好极了，谢谢！"

"新的问卷调查任务还没来？"

"到目前为止还没有。"卡萝尔边走边说，"也许等我走回到办公室它就来了。"

小促听后刻意地笑出声音，以便让卡萝尔听见她那友好的反应，还冲着她离去的背影送上一句："好运！"脸上始终保持着笑容，直至卡萝尔走远。

卡萝尔回到办公室，只听屋里的同事们都在议论纷纷，充满怨言。

"发生什么了？"

"questionnaire，meeting……"

卡萝尔看到了一封新邮件提醒，马上打开，"哦，天啊！我刚刚与行政部薇薇安搞定了上次的 questionnaire，临走时她还问我新的一轮什么时候到来，结果……"

"真不懂她为什么把这也当成了我们的主要工作。"

"而且如此频繁，从一个季度一次，现在几乎变成一个月一次。"

"是的，我现在不得不请求行政部门配合，每一次的 questionnaire 任务需要我们两个部门共同来完成。"卡萝尔边说边清理着自己的工作邮箱，删除了之前与问卷调查有关的全部邮件，也包括刚才这封会议通知。部门经理卡特丽娜的这封邮件点燃了员工的反感情绪，反感之后则是对这项工作任务彻底无视。

已经是下午五点钟，经理梅根还没有回来，兆小促收拾好东西，关上电脑，切断电源，拿起包，向外走去。银行正常下班时间是下午五点半，因为昨天工作忙而多加了半个小时班，所以今天她申请了提早半小时下班。

兆小促身着银行的工作装，看上去并不合身，比她的身体整整大了一圈。没办法，这已经是最小的尺码。其实银行并不强迫非客户服务类的员工必须购买工装，可兆小促一定要购买一套，每天上班都穿在身上，下班经过综合办公区时都要笑着向同事们说"明天见""你又变帅了""漂亮的鞋"等赞美与恭维的话。

一天的工作终于结束了，兆小促走出银行，做了个深呼吸，又是一个好天气。她拿出手机，点击了几下屏幕进入直播平台，网速不错，她将手机举向高空，镜头慢慢转动着，银行大楼随之进入了镜头。坐落在怀特港市中心的埃文斯兄弟银行总部大楼是座现代建筑。洁白明亮的大楼在蓝天白云下很美，像是港湾的白帆，望着大海，又仿佛时刻要奔向大海，漂向远方。镜头继续转着，圣玛丽教堂出现了，在大楼对面，像座城堡。教堂后面是法院，两座古老传统的建筑与兄弟银行大楼的现代结合得相当完美，小小的怀特港市看上去既稳重又充满着活力。

兆小促举着手机一路走着，进入了市中心的超市。今天是男友尼尔森的生日，她要买生日晚餐必备的食材，还要去咖啡店取预订的生日蛋糕。为了这次生日，她很久前就开始从电视节目上学做生日晚餐。走在银行外的兆小促双眼并不怎么闪光，呈现在镜头中的脸显得那样大，黑发像朵厚实又不规则的蘑菇盖在脑袋上，大工装团在身上，左手臂挎着个干瘪软包，右手举着手机，脚踩黑色圆头皮鞋，一边走，一边说，从超市到咖啡店，一副呆萌模样。

此时的埃文斯兄弟银行总部会议室内，人力资源部员工们正在进行着部门会议。经理卡特丽娜对大家说："大家好！你们看起来都非常好。请相信我有足够的把握在半个小时内结束会议。是的，我们今天会议的内容仍然是 questionnaire，新一轮的 questionnaire 任务与以往大体相同，可是，它还是变了些模样，下面我要将它的新做法说给大家。"卡特丽娜低下头看着桌上的会议概要，继续说："第一，本轮 questionnaire 涉及埃文斯兄弟银行境内及境外的所有分支机构，我们怀特港总部人力资源部门将负责境内所有分支机构的问卷调查分发及收集汇总工作。"

"Oh！"一片嘘声。

"第二，本轮 questionnaire 的问题来源不是去年的旧题库，而是来自今年管理层新推出的题目组。出题人包括每个部门的负责人还有我们的高层人士。第三，本轮 questionnaire 的持续时间比以往稍长一些，十个工作日。第四，本轮 questionnaire 将使用纸张完成。"

"什么?!！！"会议室里又发出了更高的嘘声。"技术部门怎么搞的？一定是他们还没有完善好系统。"

"为什么不等技术部门做好后再进行？"

五点半到了，会议在一片叹息中准时结束。

银行大楼里的员工们陆续下班了，不出二十分钟，整个楼内便安静了下来。财务部的门开了，从里面走出一位中年女人，一身职业裙装，棕色长发微微卷曲，鼻梁高但颧骨并不突出，脸部的线条看上去还算柔和，这是行政事务部经理梅根。她手拿两份问卷调查题目，走向卡特丽娜的办公室。财务部在一条通道的最里端，与人力资源部所在的通道交成一个 T 字形，梅根此刻正沿着这条竖通道向外走，不远处一个男人的身影从右向左横穿过去，梅根认出是技术部的经理乔。她立刻停住脚步，估计乔走远了，又继续向前走，右转来到卡特丽娜的办公室前，朝另一侧看了看，确实看不到乔了，周围也没有任何人，于是轻轻敲了敲门，得到允许后，推门走了进去。

"你好！卡特丽娜。接到你布置的任务后，我尽快把它完成了，这是出好的题目并且签了字。"梅根微笑着说。

"非常感谢，放在这里就好。"卡特丽娜坐在电脑前忙碌着，似乎没有要下班的意思。

"还有一份是财务部经理莉莲的。"梅根补充道，双眼一直看着卡特丽娜的脸。

"好的，都放在这里吧。"

梅根见卡特丽娜一直盯着电脑工作，只说了声："我先出去了，再见！"然后微笑着离开。

卡特丽娜向门的方向看了一眼，确认梅根已走远，身体向后靠在椅背上，轻叹了口气。到目前为止，一切都如自己所料：刚刚开会时手下们的强烈反感；乔进来交题目时的冷静理智；梅根脸上那份透着揣摩的微笑以及莉莲的回避。自己心中又何尝不是这样？强烈反感，无奈的冷静理智，微笑着揣摩，适当的回避。

卡特丽娜可谓工作经验丰富，她入职以来，一直在为埃文斯兄弟银行效力，无论是各业务部门、监管部门、后台技术部门，还是行政管理部门，她都工作过，除了财务部。艾伯纳，她的上司，从未安排她涉及财务，以及业务里那些关于现金方面的工作。她记得在刚入职时，做过一段客户服务工作，每天站在营业厅里接待客人，帮客户维护个人信息，介绍金融产品，等等。她没有进入过营业室的柜台，也从未直接触碰过现金，更没有掌握财务工作的流程。至今，她虽然身处银行，可对钱的事情一无所知，对工作在这类部门的员工总有一丝陌生，准确地说是没有把握。

而莉莲，埃文斯兄弟银行怀特港总部的财务经理，与她入职时间不分前后，年龄相仿，却刚好相反，自入职以来，除了钱的工作，银行内其他的领域从未涉及过。她与她就像她俩所在的两间办公室，互不相望。偶尔通过梅根走过通道来传递信息，就像刚才的这份问卷调查题目。

该下班了，不管怎样，她还是非常感谢同事们的积极配合，卡特丽娜开始收拾办公桌上的东西，尤其是新交来的问卷调查题目。她的时间很紧，必须要在十天内完成一切，包括收集题目，重新筛选组合，制作出一份完美的问卷分发给银行每一位员工，然后再收回来，一份不落地交给美国华德那里。

众人都知道这里是个发达国家，如果见了这次的工作方式，一定以为它是个世界上信息闭塞的落后地区，还透着一丝神秘，仿佛核工业的制造地，造好的武器，一旦按下按钮，瞬间爆发，杀伤力极强，范围也许还会很广。

兆小促提着一大堆东西走回到她与尼尔森共同租住的一栋房子。

"尼尔森，我回来了，你在干什么？快出来，看我都买了什么？"兆小促边上楼边说，可没有人回应。她刚才明明看到尼尔森的车子就停在外面，心想他肯定又在楼下房间里和室友们聊天。

小促回屋换了件家居服，简单洗了洗手就去厨房忙活起来。此时的尼尔森的确正在楼下室友们的房间里，他早听到了动静，知道小促回来了，可仍然没有动，继续和室友们说着话。四十分钟后，直到烤鸡的香味飘了出来，他才起身上楼。

小促戴着手套，从烤箱中取出烤盘，然后快速端上桌。餐桌上已经摆满了，生日蛋糕、一只烤鸡、水煮的胡萝卜和土豆、奶油蘑菇酱、一大碗蔬菜沙拉，还有一瓶红酒。在尼尔森看来，这是再普通不过的东西，可在兆小促的眼里，这真是一桌既讲究又丰盛的饭菜。忙完一切后，她又回房间换了衣服，一条红色连衣裙，上面还别着一颗心形胸针，把拖鞋脱掉，换上 Boxing Day 那天在促销架上淘换的一双可以搭配礼裙的革面高跟鞋。她满怀期望地从房间走出来，靠在餐桌旁摆了个姿势，尼尔森一身旧 T-shirt 和短裤，脚穿着拖鞋，直接在桌前坐了下来，准备吃晚饭。小促顿时感到失望，可看到他已经坐下准备用餐，也只好随着坐在了他对面。小促点上蜡烛，尼尔森机械地闭上眼睛，几秒钟后迅速睁开，一口气吹灭蜡烛。

小促又用启瓶器开了红酒，给彼此面前的酒杯里斟满，然后举起杯，仍旧满怀期望地说："生日快乐！干杯！"尼尔森举起了酒杯，说了声："谢谢！"小促仍然举着酒杯，尼尔森饮了一口酒，随手放下了杯子。拿起叉子，叉了口沙拉放进嘴里，蓝色的眼睛里没有任何波澜。小促无奈地也饮了一口，不情愿地放下手中的酒杯，开始用餐。

"楼下那几个人打算留在怀特港？"小促先开口问尼尔森。

"他们和你这样讲？"

"没有。"小促停顿了一下，继续说："尼尔森，上次你见到的那些中国来的工人，就是在史密斯工厂干活的那批工人……"

"怎么了？"

"他们其中的一些人想找房子，不想住在工厂提供的房子里，因为他们的妻子们陆续来了，所以想出来单独住。"兆小促看着尼尔森的脸，可他并没有任何反应。

"尼尔森，我觉得我们楼下的房子可以考虑租给他们，但目前不知道教会那些朋友们会不会按原计划搬走？他们的宣讲活动下一站要去哪里？资金筹集够了吗？"

"让他们住着吧。如果你那些中国朋友实在找不到住处，我想，我可以考虑租给他们，但是价钱要涨。"

"你觉得涨多少合适？"

"如果一般人租这里的房子，我要涨一倍。"

"为什么？"

"薇薇安，你知道的，现在住在这里的是教会的成员，他们和其他人不一样，他们在做着一系列的善事，比如无偿宣讲教义，募集社会资金资助孤儿、难民，还有艾滋病患者等等。我也是怀特港圣玛丽教堂教会成员，应全力支持他们进行活动。我提供住宿给他们，只是名义上收些租金。"

"可那些工人也算是我的朋友，我们都是中国人。""我们都是中国人"这句话是兆小促的保留语言，在任何找不出理由以对的情况下她总会这样讲，可尼尔森听后并没有说话。

小促吃了几口烤鸡，喝了口红酒，继续说："尼尔森，我看如果他们搬来，你可以涨价，但也不要收得那么高，这样，我们每周也可以有更多的租金收入。除去要付给中介公司的租金，我们自己也可以留下更多的钱。"尼尔森只顾吃着东西，始终没有说话。

"尼尔森，你的生日里，在想什么？"兆小促这样问既是要转移话题，更是想说出心里的疑问，疑问中带着渴望，就在尼尔森吹蜡烛前闭眼的那几秒钟里。

"我确实在新的一年里有个想法。"

"尼尔森，尼尔森！"兆小促听后突然兴奋地叫起来，整个晚餐抑住的情绪像火山一般喷了出来，猛烈地燃烧，把身上的裙子烧得更红。

这团火不停地在她身上燃着，整整一夜。

从那天起，兆小促的身体更加轻盈，似乎每时每刻都在跳跃，她的心情无比兴奋，无比激动，整个人轻飘飘的。

与怀特港同一国度的大威尔士港，一早，中国女孩海伦坐在办公室里正用手机回复着添加了微信公众号的客人们。今天虽然是三八国际妇女节，可她还要照常工作，因为老板 Lyndon 回中国了。这是一家中国人开的私人贸易代理，坐落在唐人街附近，办公室只有一间屋子，被隔成两半，海伦平时就在外间工作，里面是老板待的地方。突如其来那么多的咨询，几乎都是中国出口商寻求合作，这使得海伦有些应接不暇。

"Hello！ It's Super Wal LIX Trading Agent."海伦接起电话。

大威尔士港被本国人习惯地称作"Super Wal"。如果给这里任何一个商家打电话，接电话的人一般会说"Hello！ It's Super Wal XXX."，无形中，宣传了自己。

"你好！可以讲中文吗？"

"可以。"海伦转换成普通话回答着。

"我是中国 AA 鞋业。我公司主要生产运动休闲鞋，款式新颖，穿着舒适，适合男女老少各年龄阶段，产品常年出口，与世界多国都有合作。目前我公司需进一步扩大市场，大威尔士港一直是我们感兴趣的对象，如有需求，我公司愿意为其提供各类优质产品。我们的联系方式……"听着这段录音机式的介绍，海伦记下其联系方式，并回复道："感谢来电，你们公司及产品详细信息我们要先了解一下。"

"详细信息请登录我公司官方网站……"

"好，谢谢！"

"我公司同时还提供各种加工服务，如有需求……"海伦忙打断了，说道："好的，了解。"说完后，把握十足地挂了电话。

三八国际妇女节这天的埃文斯兄弟银行总部，女员工们在轮流休假，按照规定，她们有半天假期，一周内的调休都算有效。这几天银行内陆续会有人休假，可即便这样，也绝不耽误问卷调查这项异常重要的任务。人力资源部经理下达了最后通知，问卷调查表务必在3月9日下班前收齐。

兆小促来到一楼的营业厅柜台窗口前，向里面看了看，一位年轻男员工走过来，"早上好！薇薇安，有什么可以帮你的？"

"这会儿不见客人？"

"这个时间通常不会有太多客人。"

"打扰一下，请问你们小组的问卷调查好了吗？"

"噢，请稍等。"不一会儿，小伙子从后面拿着一摞纸走回来，顺着窗口递给了兆小促。

"非常感谢！"小促边说，边低头一张张地看着每个人的调查表，还不错，个个都签好名字了。看到最后一张时，发现这张纸上最后两道问题是空着的，没有勾选，但签名处已签上了名字，是海纯，那个中国女孩。

"请问莼在里面吗？"

"她今天休息？"

"明天上班吗？"

小促一连串问了好几个问题。

"不，她今明两天都休息，要等到后天才上班。"男孩继续解释着："我们这里是按照营业时间来排班，和大家有些不同。"隔着玻璃，他不确定薇薇安是否听清了他的话，又接着问："怎么了？"小促想了想，说："没事了，谢谢，再见！"说完，拿起那些调查表走了。

回到办公室，兆小促又被经理梅根叫去筹备周末的员工郊外骑马一日游。这是艾伯纳提议搞的活动，既是银行给员工的福利，同时，艾伯纳还要邀请几位客户，也当作银行对他们的一份回报。中午十二点了，大家都陆续向外走，梅根和兆小促也暂时结束了上午的工作。

"薇薇安，你今天下午就去一下。这任务很重要，一定完成好。"

"好的，没问题。"

兆小促匆匆离开了办公室，路上买了个汉堡包，几口吃完，然后开向几十公里外的森林公园骑马场。

周六，海莼到银行上班，发现营业室后边文件架上的问卷调查表没有了。她还有两道题没有答，那天她看到问卷后，感觉出与以往不同，纸上的题目比以往复杂，角度也多样，尤其是最后两个问题，她实在拿不准怎么选，便先空着，然后签好了字。她好像听说是截止到周五，但根据以往经验，人力要拖几天才收齐，没有那么严格，所以她没有勾选，想回家好好考虑一下再说。在全行同事的眼中，这无非就是一张废纸，没有人在意这事。有什么用？不影响工资，不影响奖金，尤其在营业厅柜台这些员工眼里，这无非就是楼上那些部门为体现工作认真，主动找出无聊的事情来做。如果海莼把发现的一些异常说出来或询问其他同事，他们一定以为海莼神经出问题了。可这次，调查表居然按时收走了。海莼越发觉得不对劲儿。她问了一下同在今天上班的同事是谁收走的调查表，他们说不知道。递给兆小促调查表的那个男孩子今天不上班，今天上班的这两位同事那天恰巧也不在，即便在那天上班的同事，谁又能关注是谁收走的调查表？总之，一切都无从得知。

第二章

运算结果公布

美国东部时间 2018 年 3 月 21 日，埃文斯兄弟银行美联邦分行内仍在高效运营着，这天北半球的阳光停留得真长，还有一个多小时就到下班时间了，可依然像是正午刚过，银行里的员工个个精神抖擞地工作着。华德·埃文斯坐在办公室里看了看表，五秒钟后电话响起，他拿起电话，说了声："Hello！"

"伙计，我要在今天取钱，去支付明天昂贵的零部件甚至生活的点点滴滴。"

华德沉默了片刻，问道："请问您是否确定要这样做？"

"是的，确定。"对方肯定地回答。

"知道了，请准时到我行贵宾室办理。感谢您的一向准时。"华德放下电话，离开办公室，走向技术部。

他敲了敲门，门很快就开了，他走了进去。技术部一如既往，安然无恙。华德继续向里走，来到一扇门前，他的整张脸正好显示在门上方的小镜头中，随后，门自动开了，等他双脚都迈进去后，门立刻自动关上了。华德之前也曾进入过这里，可今天突然感觉这间屋子好大，所有的灯都开着，把屋子照得宽敞明亮。华德顿时想起了怀特港那洁白明亮的银行总部大楼。在这边的繁华街道出入久了，此时，他怀念起了自己的家乡，那个美丽又宁静的港湾。

技术部经理看到华德进来了，连忙走过来，介绍说："华德，这位就是专为这次工作任务聘请的约翰·布鲁克教授。布鲁克教授，这位是……"经理的话打断了华德的回忆，他向前几步与教授握手，并自我介绍道："你好！我是华德·埃文斯，埃文斯兄弟银行美联邦分行的负责人。很高兴见到你。"

"我也是。"布鲁克教授微笑着与他握手，问道："那我们是否可以开始了？"华德与技术部经理对视了一下，说："好的，正式开始。"

"首先向您介绍一下这次任务的主角，Rex 和 Rey（雷克斯和雷伊），它们是一对'兄弟'。"教授说完后，只听不远处传来一声："你好！见到你很高兴。"华德看到一个白色的机器人站在计算机旁边，它有一个圆头，一个椭圆形身子还有四肢，四肢上有关节，脸上有两个灯，应该是它的眼睛，说话时，这对眼睛就亮成红色。华德冲它微笑并向它招招手，问道："这位是……"

"弟弟 Rey。"教授回答。

"另一位呢？"华德一边问，一边寻找。

"它在这儿。"教授伸出左手，掌心朝上。华德透过鼻梁上的眼镜片看到教授手掌心中有一枚小小的、像芯片一样的东西。"这是？""这位是哥哥 Rex。"教授笑着说。华德愣了一下，又向它这个小东西招招手。

"好了，我现在要送哥哥 Rex 进入到它的工作室。"只见教授转身走向那台计算机，把 Rex 装了进去，然后用鼠标和键盘简单操作了几下。

只听弟弟 Rey 站在那里首先读出本次问卷调查上的全部题目，然后计算机屏幕中出现一系列的运算程序，这是哥哥在识别银行每位同事的名字和答卷。华德坐在椅子上一直沉默，其他两位也不好插话，索性也坐下来默默等着。整间大屋子里安静极了，三个活生生的人在等待着两个机器人。时间一秒秒地走过，屏幕不停地变换着，闪动着，华德不禁又想起了怀特港，埃文斯兄弟银行，以及那里的人们。大约半小时后，布鲁克教授对华德说："现在，你可以对它说出你想要什么。"华德再一次地收起回忆，推了推眼镜，组织好语言，对着 Rey 说道："请告诉我埃文斯兄弟银行本次 redundancy 的员工名单。"话音刚落，只见计算机屏幕上显示出一系列人名，是目前工作在埃文斯兄弟银行的员工名字，弟弟 Rey 一一将这些名字报了出来。这，便是雷克斯和雷伊兄弟俩运算出的结果，此刻，已毫无保留地呈现出来，呈现给活生生的埃文斯兄弟俩。

"华德·埃文斯先生，"布鲁克教授打破沉默，稍微提高了嗓门："我想说，机器人始终不完美，是人类赋予它们智能与技术，它们才会高效便捷地为人类分担工作任务，可它们和人永远有区别，人类独有的东西机器人并不具备。也就是说，此次工作，我认为，还需要有人的参与把控，人与机器结合，才能够变得完美、严谨、无懈可击。你明白我的意思吗？就好比我个人购买了一辆无人汽车，自动驾驶只是一项辅助功能，它可以辅助我，可是，它始终需要我在驾驶座位上时刻把控方向与速度，万一出了事故，坐在车上的我必须负起事故责任，而非机器人。"

见华德没有继续说话，技术部经理接着说："再次感谢布鲁克教授，关于这次任务，教授一直为我们提供着非常大的帮助。""不，不，不要这样讲。"教授说着拿出一张纸，一本正经地念出此次合作的相关法律条款，双方均表示无异议后，在纸上签了字。

"但愿这是最后一份需要签字的文件。"华德签过字后，摇摇头说。

教授听后笑了笑，回答道："我想是这样的。非常抱歉，由于人工智能机器人越来越多地走向人类社会的多个领域，细致又复杂的条款也就相应地产生在供需双方之间。况且，贵行的这次任务还涉及机器人的租赁。"教授停顿了一下，技术部经理问道："是的，难道还需要我们再与您的实验室单独签份租赁协议？"

"不，我不是这个意思。贵行已经和 FST 智能科技公司签过合同，这已经很好了。我的意思是，关于这次任务，我只是作为两台机器的出租者，也就是这对'兄弟'。不错，我们实验室和贵行就这次任务在技术方面已合作多日，而且合作得非常愉快。可是，今天在这里，我所做的一切完全是演示操作，以及提供如何使用机器的培训。我从未参与过贵行的 redundancy 工作，信息的采集录入，还有关键程序的编辑、设定等全是由贵行的技术工作人员甚至更多部门的员工来参与完成的。假如我不在这里，你们自己按照刚才的步骤使用机器重新进行一次，那么结果是一样的。"

华德对教授的一番话有些反感，为什么把责任推到我们的身上？这结果完全是系统得出的，我们为什么还要参与？还要把控什么？如果我们自己可以花时间完成的事，这些年为什么还要投入大笔资金进行技术研发？既然花了钱，就要享受其带来的方便。这方便既包括节约时间，又可以尽量减少后续的麻烦。华德这样想着。

金色的阳光此时已经变成了玫瑰色的夕阳，北半球今后的每一天，白天都会比前一天长一些，久一些，工作在这里的人们整个精神似乎也会随着白昼一天比一天更加焕发。

晚饭过后，华德坐在公寓客厅的沙发上，想起了哥哥艾伯纳，今天下午的事他应该会准时地远程观看，他看过后怎么想？为什么现在还没有回音？华德拨通了艾伯纳的电话，"晚上好！艾伯纳，请允许我打扰一下，我想你应该看过了下午在技术操作间发生的一切，对于这个结果，你怎么看？"

"晚上好！华德，实在抱歉，我手上不断有事务处理，本想忙完后给你打电话，可你还是先打来了。是的，整个过程我都看到了，非常奇妙，你们完成得很好，我十分感谢大家。"艾伯纳边说，边在办公桌前忙碌着。

"不必客气。你对这个结果有什么想法？"

"名单已被我抓拍下来，其他人我都没有异议，准确地说是没有把握，因为有些员工我并不了解，不过好在他们多数是工作在营业室内。但是，大客户业务部的詹森·亨特这位员工，一定要留下。"

对方一直沉默。半分钟后，艾伯纳反过来追问弟弟："怎么不说话？你有什么意见？"

"艾伯纳，我们近几年在信息技术、新兴科技方面投入了前所未有的大量资金和时间。美国分行，我置身其中。美国，分行置身其中。美国分行注定要科技。难道我们也要被遏制？被迫才去见见科技？不！"华德激动了起来，不过很快又想起了什么："对了，华盛顿那伙计特别准时。"

"很好，他对我也一样。"

"既然这样，你知道美国要采取贸易限制措施了？"

"华盛顿时间 2018 年 2 月 16 日，美国商务部已经公布了。"艾伯纳说道。

"你知道美国要对从中国进口的商品……去问那伙计吧。"华德意识到自己的激动，便冷静了一番，将话题转回到工作上，继续说："艾伯纳，这次工作其实是对之前投入的一个成果展示，而且针对此次工作，我们还聘请了这边著名的人力资源咨询公司的咨询师为我们提供了优质的建议，并被我们采纳。比如，有关 redundancy 的内外因素，通常银行业面对的外因大多是科技不断进步，替代了人工劳动，而且比人工作的速度快效率高，所以一些岗位已经显得不那么必要，不需要大量的人力资源。与此同时，内因也尤为重要。这次的题目最先由我们银行内部中高管理层亲自做出，经过人力咨询师精心的筛选与编排，我们最终敲定了这套题目。这套题目特别强调了内因，它可以最大限度地挖掘出员工内心的真实想法。"

"华德，你觉得我们银行里的员工谁会真正在意或重视此次的问卷调查？他们是认真回答那些问题还是草草交差？纸上的那些对钩难道就是所谓的'内因'？要是没有画上呢？"

"我们要的恰恰就是这个，第一直觉，它往往胜过深思熟虑。"

艾伯纳听后也沉默了。

"所以，请相信它。"华德把握十足地说。

"我没有不相信，我只是说詹森·亨特这个人要留下。"

"艾伯纳，为什么给自己找麻烦？"

"找麻烦？华德，我真不懂你是怎么想的？詹森·亨特的父亲经营着和怀特港市差不多大的庄园，同时，他在本国还有加工出口生意，规模可观。关键是詹森父亲的舅舅，是史密斯家族的一员。"

"史密斯家族我当然知道，怀特港的名门望族，我们一直都很尊敬。可这个员工和史密斯之间听上去有些远。"

"我现在觉得你和我也很远。"

华德听后，明显感觉出哥哥的愤怒，便不再说什么了。

"怎么样，因为我觉得你离我很远，所以我把你也 cut 掉，这是否可行？"艾伯纳又强调了一遍。

"艾伯纳，我不是这个意思。"

"你觉得这是否可行？"艾伯纳说完，"啪"的一声挂断了电话。

"艾伯纳，艾伯纳……"

卡特丽娜拖着行李箱走进一家酒店客房，脱下灰色大衣随手扔在沙发上，在镜子前捋了捋被风吹乱的短发。房间里的电子日历显示此刻是美国东部时间 2018 年 3 月 22 日下午三点。她调整好自己的腕表时间，然后拿出手机打开银行内部电子邮箱向华德报到，邮

件中写道:"你好华德! 我已达美国并入住了指定酒店。"十几秒钟后,收到华德的回复邮件:

> 培训公司的地址如下:
>
> ××××××
> ××××××
> ××××××
>
> 酒店出门右转第三个路口即可找到培训地点,酒店出门左转第二个路口即可找到我们。

"好的,明早九点我会到咨询公司准时参加培训。谢谢你安排的一切。"卡特丽娜又回复过去。

她继续在等,十分钟过去了,没有收到华德的任何邮件。她仍不敢怠慢,每隔几分钟就会注意一下手机邮箱。凭经验,也凭一种直觉,她猜测华德安排这次培训是在刻意让她回避什么。回避什么?也许就在下一秒进来的邮件中。

第二天中午下课后,卡特丽娜收拾好书本,提着包来到培训师面前,面带笑容地说道:"听了您上午的课,我真是茅塞顿开。"

"是真的? 谢谢!"培训师关好室内的灯,和卡特丽娜一起向外走。

"我现在明白我们银行为什么请您作为顾问来协助我们的工作。"

"能够成为埃文斯兄弟银行的人力咨询顾问我感到非常荣幸。我们的合作刚刚开始不久,我只是为贵行提出了一些建议。"

"还有那套问卷调查题目,我们都认为经过您整理的那套题目非常棒,至少比我最初整理的要棒很多。"

"哦,你是从怀特港来的?"

"是的,昨天刚到这里。"

"欢迎你的到来。"培训师和她握了握手。

"谢谢!"卡特丽娜看了看时间,说道,"我想我该走了。"

"下午没有课,你可以逛逛这里的街道。"

"哦,不,现在是工作日,我其实一直在工作,而且越来越懂得接下来的工作。"

卡特丽娜和培训师道再见后,匆匆走了。培训师刚回到办公室,手机响了,"Hello!"

"你好!我是华德·埃文斯。"

"埃文斯先生,你好!有什么可以帮你?"

"我们银行的卡特丽娜今天是否去参加了培训?"

"当然,她准时来上课,刚刚还在和我聊天,不过现在她已经走了。"

"好的,谢谢。"

"埃文斯兄弟银行的员工看上去如此优秀,刚下课就忙着回去工作。"

"什么?她回去工作?"

"是的,她说现在是工作日,她也一直在工作,还越来越懂得接下来的工作。"

"是这样!打扰了,再见!"

卡特丽娜半路走进一家咖啡店,点了一块蛋糕和一杯拿铁,坐在窗边,仍然把手机放在眼前,保证时刻能够看到新消息。一上午的培训,她更加肯定她是在继续之前的工作,而且已经到了关键时刻,不可懈怠,只是需要换个地方。华德随时会来消息,她确定会等来。然后,立刻执行,执行的办法,就在刚才的那堂课里面。这应该就是华德的用意,此刻已被卡特丽娜领悟。

对面墙上的电视里正在播放着美国对中国加征贸易关税决定的

相关新闻。卡特丽娜端起咖啡杯，喝了一口，望着窗外行色匆匆的人们，她觉得自己从事这个工作有些不幸，又望了望被人潮占据的拥挤街道，忽然觉得自己能从事这个工作是何等地幸运，手指上那颗钻石此刻闪出光芒，整个人也焕发起来。

周一早晨，兆小促刚一走进办公室，就听里屋传来"咣"一声，她连忙跑过去，见经理梅根站在办公桌前清理着文件。

"梅根，发生什么了？"

"椅子倒了。"

兆小促这才看到她身后的椅子果然是倒在地上的，又连忙过去把椅子扶起来，问道："只是椅子倒了？"

"是的，谢谢你，薇薇安！"梅根见兆小促还在浑身上下打量着自己，补充道："请相信我，我并没有和它一起倒下。"

"小心。"兆小促笑着说。

"今后是该多加小心，尤其是我们美国分行的同事们。"

兆小促听后一愣，马上反应过来："哦，没错，要涨关税了！中国制造的产品……"正说着，她一眼瞥见了梅根办公桌上的一张纸，redundancy 名单，好醒目的标题！她顿时感到自己的眼睛和身体有些无处安放，眼睛此刻应该看向哪里？她向梅根看去，看到梅根已经站在了碎纸机前粉碎着无用的文件。她身体想要尽快离开，可双脚却被大脑神经控制着一丝不动，她又朝桌上的那张纸看回去，定睛看着一行行名字，瞬间急促地向外走，边走边极力捡回刚才说着半截的话："中国制造的产品……特别是办公用品可多了！噢，不，我是在提醒你自己要小心被椅子碰……梅根，我先出去了。"

回到自己的办公桌前，兆小促一屁股坐下，有海莼！她这才回想前段时间银行出现的种种迹象，她突然意识到，这份名单也许就来源于最近的那次问卷调查，兆小促心里一惊！那天，她收走营业室员工的调查表后，本想回到办公室给海莼打个电话，问问她能否说出答案自己帮她画上钩，可当时又被经理叫去商榷周末的活动，紧接着又被安排去骑马场，她完全忘了海莼的问卷。再来上班时，被告知所有问卷已被卡萝尔收走了，她如同银行多数同事们一样，视其为一次最为寻常最为普通的事情，同样地没有在意，也就没再去找卡萝尔。她当时觉得，如果人力资源部检查出问题，会直接通知海莼本人。于是在她心里，事情就这样过去了。可现在……以兆小促的性格，她并不习惯事事深思熟虑，碰到情况的第一反应就是去另想办法弥补解决，且动作迅速。也许正是因为这样，她的名字才没有出现在那份名单中。

晚上下班后，兆小促掐好了时间，背着包来到营业厅，营业厅已经关门了，她透过玻璃门向里面瞥了一眼，柜台里也空无一人。她在外一直溜达，五分钟后，玻璃门开了，从里面走出几个同事，兆小促看见海莼也在其中。她假装碰巧路过，同事们看到她，纷纷向她打招呼，海莼冲她微微笑了笑。她紧跟着海莼出了大楼，和其他同事们告别后，大声地问海莼："下班去哪里呀？"

"能去哪里？回家。"

"晚上做什么好吃的？"

"我能做出什么好吃的？米饭，简单炒个菜。"

"一起去喜鹊餐厅吃饭。"

提到喜鹊这个中餐馆，海莼像突然想起了什么，"对了，听说你晚上在那里做招待，现在还做着？"

"是啊，不过今晚我休息。"

"你还没吃够？要不要换家餐厅？"海莼问。

"不要紧，我在那里可以享受些优惠，走吧。"说着，挽起海莼的胳膊朝喜鹊餐厅走去。海莼看到小促如此主动热情，也不好推辞，跟着她一直走。

来到餐厅，小促像个主人一样给招待们介绍海莼，安排海莼在最外面的一张双人桌前坐下，自己跑到后面厨房亲自点了菜，回来坐定后和海莼聊起天来。

"这里最近生意很好，尤其到了周末，所有服务生都要来上班，可还是忙不过来。"海莼默不作声地看着墙上的装饰画，小促继续问："你刚毕业那会儿是在哪家中餐馆做工？"

"瞧你这记性，中华。"

"噢，对，是中华餐厅。"

"怀特港就这么几家中餐馆，还都在市中心，好记。"

小促听后笑笑，两只小眼睛眯成了一条线，忽而又转动了一下，接着说："有没有兴趣来这里？"

"没时间，平时上班挺累的。我不像你，休六日。我到周末白天还要去柜台上班。"

"这个没关系，你来还能跟我做个伴。工钱嘛，我可以跟老板商量，起薪给你高一些，按老员工对待。"

"还起薪，这个小地方，又是家中餐馆，工钱能高到哪里？"

小促觉得通过工钱说服海莼的可能性不大，于是又换个角度，讲这家餐馆如何好，比中华那里好很多，老板人如何好，又多次强调陪她做个伴。

整顿晚餐，小促一直说个不停，不断试探观察着海莼，可海莼始终没有给出明确回复。临出门，小促又从吧台拿了一份菜单。两人步行回家，在一个路口不得不分手了，这时，小促把手里的菜单递给海莼，说道："这是喜鹊最新的菜单，新添了几道中国菜，川菜、湘菜还有鲁菜，优惠期间叫外卖满三十元就可以免费送餐，很划算的。"海莼接过菜单，道了声谢谢，并表示今后会多品尝。

"餐厅目前就这一部电话，有任何事都可以打这个电话号码。"小促手指着菜单上的电话号码再次强调了一句。

分手后，小促心想，自己该说的都跟她说了，这也是目前唯一能做的，接下来只能看她自己的选择了，如果银行的那份 redundancy 名单没有太大变化，那么公布结果指日可待。介绍海莼来喜鹊餐厅做工，至少在她谋到下一份工作前有一段过渡。天已黑，又过完了一天。兆小促此时恢复了轻松愉快，自从那天生日晚餐后，她的呆萌褪去了不少，蘑菇头渐渐向脖子和肩贴近，大工装遮着的那颗心越发快活。她步履轻盈地向前走，身体在夜色中仿佛飘了起来。

转天中午，海莼趁休息时间出来买午餐，刚从快餐店出来就听到身后轻轻一声汽笛响，回头一看，一名戴着墨镜的男子从车窗探出头来。

"你认不出我啦？"男子冲海莼喊道。海莼怔怔看着他，说不出话来。

"你昨晚和薇薇安一起在喜鹊餐厅吃饭，你们坐在 1 号桌，对不对？"男子接着说。

海莼点点头。

"听说你是埃文斯兄弟银行的柜员，能不能帮我个忙？"

"怎么了？"

"我刚到怀特港这边没多久，英语也没有你们好，能不能帮我预约个时间，我想咨询下开账户的事情。"

海莼明显听出这是个借口，他怎么可能找个素不相识的人办这么隐私的事情，想了想，边往前走边对他说："如果要开个人账户，我行目前推出了新的手机银行服务，可以在手机上直接办理开户。"

"好啊！有空教教我啦！"

"我连你是谁都不知道，怎么教你？"海莼说着继续往前走。

"我从大威尔士港过来的，现在是喜鹊餐厅的厨师，我叫迈克。"

海莼看看他的车子，一辆大众途锐 SUV，虽外表看上去低调，可这款车在这里售价不菲。

"你这厨师真低调。"

"你哪天有空啊？"车子已经快蹭到十字路口了，迈克忙拿出手机，对海莼说："我的电话号码是 ×××××××××××，你打给我，我存一下你的号码。"海莼眼看车子就到十字路口了，后边车的司机开始按喇叭，为打发他赶快走，她也急忙拿出手机，把他刚才说的号码输了进去。"我要赶回去上班了，回头打给你。Bye！"海莼说完后，快步跑开了。

迈克回到喜鹊餐厅，一进门，只见厨房帮工 Wang 站在吧台前。

"出去了？"

迈克笑笑，问道："白天你怎么出来了？"

"Coke 没有了，老板娘叫我搬几箱过来。黄哥，你不要都留给自己，给我也来几个。"Wang 说完笑了，两只小眼睛眯成一条线，忽而又转动了几下。

迈克看着 Wang 的脸，忽然感觉一阵眼熟，问道："你在说什么？我什么时候把 Coke 都留给自己喝了，每次都分给你几桶。"

Wang 没有说话，一直眯着小眼睛笑着。

迈克看看他，心里默念了一声："当心！"

2018 年 3 月 30 日，埃文斯兄弟银行正式宣布 redundancy 名单。名单上的员工将工作到 2018 年 4 月 30 日。或许名单不是最初的那份，有略微调整，可海莼这个中国女孩并不会在那片极为微小的调整范围内。

第三章

探技术

中国大陆北方某港口城市国际机场大厅内，厉玄站在一家航空公司服务台前咨询，服务人员扫了厉玄手机中的电子条形码，看到系统中显示出一长串频繁的飞行记录，又是本航空公司的 VIP 客人，便主动对厉玄说："厉先生，今天是 2018 年 4 月 3 日，过去十二个月里，您平均每月飞行公里数都在一万五千以上，根据我航规定，可以将您升级为至尊 VIP 客人，同时享受更多我航带来的优惠服务。"

"好的，请帮我升级。"

"请您提供身份证原件。"

厉玄掏出钱夹，抽出身份证递给对方。这钱夹是全黑色的，牌子和他身上的黑色休闲外套一样，同为 GIVENCHY。从前的厉玄穿衣一味注重时尚潮流及做工，而现在，他会听品牌背后的故事。GIVENCHY 的故事打动了他，他穿它们在身上总有感觉。毕竟是四十岁的人，已然也有了自己的故事。他的身上有故事，手机和钱夹里也有关于自己的故事，自己的故事外穿着别人的故事，这份感觉始终萦绕着他。上个月，GIVENCHY 先生过世的消息使厉玄的心情更是起伏，先生一生对感情的态度，令他颇有回味。

办理过升级，也咨询好了所有事情，厉玄向值机柜台那边看了看，还没有开始办理登机，于是推着行李车找了个座位坐下来。想想钱的故事吧，进钱、出钱、赚钱、花钱，每时每刻都要续写的内容，无法躲避，无法逃脱。

厉玄点开手机微信看到助理海伦又来了一串留言，国内的反应真快！他回国这段时间并没有闲住，一直在活动，现在看是有了些成效。从海伦近日给他这个当老板的反馈来看，到目前为止，寻求与 LIX 合作的这些中国民营小企业有的要从中国出口货物给大威尔士港，开拓新市场；有的要从大威尔士港进口原料，加工生产后，再出口；还有的要从大威尔士港进口货物，直接在中国销售。总之，都是要尽可能寻求可以替代美国的市场。厉玄马上回复海伦说不要过多耽误时间，尽快做力所能及的事。

厉玄原先在国内任职于一家知名外资银行，大平台上的人，高端规范略带些刻板。幸运的是，除了那些，他自身还带着财运。他首次尝试投资就赚了钱，捞到第一桶金，而后越滚越大，几笔投资都瞄得很准，未曾有过大失手。他不断尝试更多的领域，从金融到贸易，从打工到自营。传统的气质渐渐褪去，一贯的手法越来越不适用。如今，他双脚踏在地上，面朝着众人，没有平台，也没有整盘蛋糕整碗羹等着他去分抢。他最终还是要了解人的真正需求，才能够长久地换来美味可口的蛋糕。之前那些投机发大财，非凡超群的动作不见了，现在的厉玄经营生意成了常态，哪怕办公室内只有两人。

天生的财运和事业运集于这个男人一身，可他偏偏缺少些感情运。厉玄至今仍是单身，在这方面，他对他的过去闭口不谈，显得有些神秘，移民到另一国度后，他之前的感情故事更是鲜为人知。

机舱内，乘务员将厉玄的晚餐托盘收走后，厉玄马上收起桌子，向前伸了伸腿，把毯子盖在身上，脸贴近窗户向外看去，夜空无声无息，无边无际，如此多年。厉玄从最初见到它的心潮澎湃到如今已是心如止水。夜空依旧，玻璃窗微微映出厉玄的脸，模糊不清，他拼命地看去。机舱内瞬间黑了下来,灯统一被关掉了,厉玄的脸不舍地离开玻璃窗外的夜空。他将座椅背向后调了调,盖好毯子,闭上了眼睛。机舱内越来越安静,厉玄总觉得自己不应该就这样睡了,他期望有一股力量能够拨动他那如静水般的心,唤回最初的澎湃。他闭着眼睛,并没有睡,突然间,飞机一阵上下颠簸,持续了十几秒。平稳片刻后,又是一阵颠簸。这时,广播响起,提示客人们飞机遇到气流,请系好安全带等事项。颠簸一阵比一阵急促,越来越剧烈。记忆中,厉玄自乘坐飞机以来第一次遇到如此剧烈的气流,他开始享受起来,虽然紧闭双眼,可心在晃动中好似被唤出了声音。

凌晨五点,飞机即将降落,厉玄又将脸贴近窗户,夜空不见了,窗外出现一圈彩虹,厉玄细数着颜色,清晰的七彩!玻璃窗中他看清楚了自己的脸,多彩明快,他自然地笑了,向大威尔士港的清晨问早。

大威尔士港的国际机场三面环海,从天而降的一架架飞机刚刚沐浴完高空的气息,又来吹起了海洋的风。大海托着朝阳,白色计程车沿着海岸一路前行,载着厉玄去市中心最繁华的地带,他的办公室就在那里。

走进办公室,厉玄把行李放好在自己的办公桌下,看到桌子上摆着一摞资料,是关于那些寻求合作的中国民营企业的,海伦已整理出来。他拿起来认真看着,忘记了一路的疲惫。

八点三十分,海伦准时来上班,一进门看到老板坐在里间。

"早上好!Lyndon,这么早啊!"

"早!"厉玄一面看着手中的资料一面和她问候。

"要吃早餐吗?我帮你去买。"

"不用了,飞机上简单吃了些。"厉玄仍然没有抬头。

海伦那张涂着 GIVENCHY 唇膏的嘴没有再动，脚步匆匆地出了门，心里已是不顾一切地为他去买早餐。

"最近询问过的客户全部是做实体的，有服装、鞋子，还有电子配件，规模都不是很大。"已经将早餐买回的海伦边说边撕开糖包，为厉玄倒进咖啡里。

"我看鞋子厂家不少。"

"是啊。"

"他们的资料都在这儿？"

"是，共有六家鞋业发来宣传资料。"

"关键挖掘他们的优势，他们有而这里没有的。"

"你讲优势？问问那些电子件啦，衣服头绳啦。"海伦漫不经心地说。

厉玄没有再说什么，掂量了一下手里的资料，看之前感觉它们分量很重，可看过之后觉得轻轻的，没什么含量，随手搁在一边。他看了看时间，九点多了，对海伦说："我出去一下。"

"你的早餐还没有吃。"

厉玄回过头只拿了咖啡，"剩下的留给你。"说完便打开门向外走，忽然发现门口原先的 Donation Box（捐款箱）换成了一个更大的，他冲屋里的海伦问去："环保志愿者，你这个 Box 怎么变大了？"

"原来的那个我放到了楼下新开的汉堡店里，这早餐就是从那里买的。"

"热衷！"厉玄边说，边从口袋里掏出几个硬币投进盒子。

"Thank you！"海伦听到投币声后礼貌地回应。

厉玄左手提着一个袋子，右手端着咖啡，边走边喝。他的脚步非常快，几分钟后，来到富锦超市，一家中国人开的小超市。厉玄走进去，一位和他年纪相仿的男子从货柜间冒出来，是店老板，看到厉玄进来，立即上前，"回来了，上次你订的货到了。怎么样？国内现在有什么反应？"

"观望，相关企业开始想辙了。"厉玄边说，眼睛边扫着店里的货，"新上市的复合维生素 E 有吗？"

"有，第一次没有进太多，不知销量怎样，你拿几桶回去试试。"

厉玄听后点点头。

店老板从门后搬来一箱货摆在收款台上，厉玄从口袋掏出一沓钱交给他。老板收下钱，又给厉玄的袋子里放了十桶复合维生素 E，厉玄把手里的空咖啡杯向收款台旁的垃圾桶里一扔，左肩背起袋子，又用左手提起箱子，向门外走，突然转过身来扔给老板一条烟，嘴里喊道："看好！别再让鬼佬抢了。"

晚上，厉玄搭海伦的车一起回家，他们住得很近。车上，海伦问厉玄："你今天是在什么时间进入到这里的领空？"

厉玄想了想，说："按当地时间算应该是零点以后。"

"如果中国来的客机，从一进入领空到大威尔士港机场降落，大约有一千千米，约占总飞行长度的七分之一，往返票价乘以七分之二，OK！"

"什么呀？"厉玄不解地问。

"同样的方法算出中国领空内起降那部分。"

厉玄听后仍不解地看着她。

"当然还有其他算法。"

海伦见厉玄不说话，进一步解释道："新一年度的税收政策有些变动。"

"就你刚说的那些？"

"你是人，你的商业活动只限定在人类活动范围内。"

"我一直在与人做生意呀。"

"是啊，所以要除去没有人的那片区域。"

"漂洋过海那部分不算了？"

"不算。所有路过但并未真正从事活动的那部分都不能够算作与商业活动相关，所产生的费用不能够被减免。"

"没听说这边税收有什么变动？"

"只是帕州的政策有所调整，其他州没有变。你的办公室注册在帕州，今后要按照这里的最新政策申报。"

"你这消息准确吗？"

"当然！州税务办公室网站上会有显示，我们一直委托报税的会计师事务所已经开始通知各位客人，我上周接到了他们的通知。"

"对了，那我今早从机场回到办公室的车费算作'相关'吗？"厉玄向海伦刨根问底。

"我说算！如果两个人一起，我说算两份'相关'。"

厉玄终于听明白了，海伦说了一堆话，其实她主要是想常开车接送自己，譬如机场，对于每次都不让她接送这事透露出一丝责怪。厉玄看着她那张平静中藏着气愤的脸，转移了话锋。

"你哥哥最近好吗？"

"好！好忙。"

"有时间约他一起喝咖啡。"

"他不在大威尔士港了。"

"去哪里啦？"

"艾州。"

"不回来了？"

"今后可能不会常回来。"

"那他这边的鞋厂呢？"

"他的助理暂时负责。"

"艾州好啊！阳光空气比这里还要好。"

海伦不再往下说了，开着车子。

又行驶了十分钟，快到厉玄家了，海伦没听到厉玄再讲一句话，她的心里有些矛盾，既不想有他在内的任何人打听关于哥哥在艾州的消息，又盼望着出现一个契机，能够多一次和他单独在一起。从他今早回来，乃至一整天的表现看，他有意要拓展业务，这个意愿像股气流般强烈，海伦感受得到。自从认识他以来，她一直在感受着他。

海伦初次见到厉玄是在茉莉湾公园内，那天她作为环保志愿者与同伴在公园号召募捐，同时还卖些环保材料的小物品，志愿者们把卖东西换来的钱全部捐给大威尔士港的环保公益组织。

厉玄刚好在公园里闲逛，看到这个活动有些兴趣，随手捐了二十元，他并没有说话，直接走开了。海伦正在和一位募捐者介绍环保产品，抬眼正看见这位男子投进钱之后就走了，她忙跑过去，追在厉玄身后，直接用中文问起来："你好，请问你刚才是不是捐了二十元进募捐箱？"

"是。"

"非常感谢你对环保的支持。我们大威尔士港环保公益组织目前有项活动，每位募捐者的名字会被记录下来，展示在环保公益组织的官网上，这些信息和税务机构互联，年度报税时会根据募捐者的捐款数额给予相应的减免。"

"是吗？"

"是啊！请问先生愿不愿意过来登记？"

"好。"

厉玄跟着海伦走回去。海伦又和他推销起那些产品，厉玄挺痛快地买了一个。海伦帮厉玄登记好信息后，对他说："二十四小时内，你的姓名就会显示在我们的官网上。"

"知道了，谢谢！"

在海伦看来，厉玄不同于其他的华人，那群人中有很多是冲着减税来捐款的，喋喋不休地问这问那。而厉玄一直没有多说，也没有多问，这使她对他生出些许好感。

车停了，厉玄带着困意下了车，车子又开走了，带着一丝不舍与犹豫。

厉玄一觉醒来已是第二天早上，他拉开卧室窗帘，又见朝阳。不同于昨天，此时他看见的太阳已经跃到大海之上，慢慢地升上天空。他来到户外，沿着海边的蜿蜒小径跑步。对面一位五十多岁的男子身着白色运动装，一边跑一边冲厉玄打招呼，"Hi, GIVENCHY男人！见到你真高兴，你什么时候从中国回来的？"

原来是那个CEO，厉玄的晨练老友，住在离茉莉湾不远的山上。

"是，昨天刚回来。你最近还好吗？"厉玄转身和CEO并肩一起跑。

"我很好。不过你一定非常悲伤。"

厉玄跑着跑着，突然用双手捂住脸，做出哭泣的样子，"噢，上帝！"

"哈哈！"CEO被厉玄夸张的表情逗乐了。

"他真的去见上帝了吗？我不敢相信。"厉玄"哭着"说。

"机会来了，这周末在圣路易斯教堂有一个活动，是关于人工智能在宗教领域的影响这一主题宣讲活动，据说宣讲团会带来一些演示。"CEO说着把脸凑近厉玄的耳朵，低声道："到时候拜托他们去问问上帝。"

"人工智能……听上去不错！"

"是的，这个宣讲团队第一次来帕州，首站就在大威尔士港，这令很多人感兴趣。你愿不愿意参加？"

"当然愿意。怎样才能参加？有费用吗？"

"哦，不，这次是免费体验，但可能需要做出捐助，名额有限，要尽早申请入场券。"

"你已经有入场券了？"

"是的，朋友为我拿到一张，不过请相信我可以为你再申请一张。"

两人又跑了一会儿，便停下来，坐在海边的长椅上休息。CEO从口袋掏出手机，给朋友打电话，厉玄听着是在说入场券的事。

"All done！"CEO结束通话后，摇了摇手机对厉玄说。

厉玄连忙表示感谢，CEO摆摆手，"不客气。请记住，本周六晚七点圣路易斯教堂C区小礼堂。"

厉玄锻炼完，回家吃过早餐后便开始整理行李。昨天到家太晚，又累，洗洗就睡了。今天打开箱子，哎呀！从家乡带来的小吃，昨天忘记给海伦了。厉玄拿出一盒准备往包里放，忽然停下了，手托着小吃掂量了几秒，又从箱子里拿出一盒，一起放进包中。

九点左右，厉玄一走进办公室，就把小吃放在海伦面前，"国内带来的，昨天一忙给忘了。"

"Thank you！"

"本来还给你哥哥带了一份，谁知他走了，这份也归你。"厉玄做出副遗憾的样子，眼睛始终盯着海伦。

海伦听后没有说话。

"你嫂子也一起去艾州了？"厉玄接着问。

"没有，她在家要照看我小侄子。"

"几岁了？快上幼儿园了吧。"

海伦好像没听见厉玄的话，对着手机在犹豫什么。

当晚，厉玄裹着浴衣从浴室出来，听到卧室里的手机响，这个时间打来电话的人，难道是……？他快步走到床边，拿起手机一看，真是她。

"喂！"

"Lyndon，还没睡？"

"还没，有事？"

"我哥哥听说你回来了，邀你周末去艾州玩。"

"好啊！"

"周六怎么样？"

厉玄犹豫了一下，没有说话。海伦顿时觉出他在犹豫，又试着说："周日也可以。"

厉玄仍没有说话……片刻，决定了，说道："周五可以吗？"

"你确定周五有时间？"

"可以，没问题。"

"好，我问一下哥哥，一会儿再打给你。"

海伦并没有追问厉玄为什么周六日没时间，而是与他确定周五是否有时间，然后挂了电话。厉玄坐在床边小心翼翼地等着。

有时候越是没有把握的事情，越是小心翼翼，越是这样，越是有了期待的结果。周五早上，厉玄的车子顺利开出城区，行驶在高速路上，去往艾州。

路两边矗立着棵棵参天树，偶尔几辆车出现在视线里，有顺行超过的，还有迎面而来的。厉玄本是飞翼向前的心瞬间感到一阵孤独，有如几天前寂静夜空中的那股气流一阵阵地袭来。那些树并不孤独，因为它们只属于这里。而自己……

车窗外依然寂静，车子又前行了约半小时，路边出现一片农场，一幢木屋，还闪着稀稀拉拉的人。厉玄余光扫过他们，又看到海伦闭着双眼倚在副驾驶座位上，这才回过神来，开口问道："2月份那三笔货的slip都回来了？"

海伦听后睁开眼睛，说："正式的slip还没有收到，不过今早在家吃饭时我看到了客户发来的电子版，银行扣费金额好像多了。"

"不像是有额外费用，这货定期走。"

"也许是银行调高费用了。"

厉玄此时已顾不上想这细小的事情，他恨不得一下子飞到艾州。

"我们一会儿直接去园区？"他问海伦。

"是啊，我哥哥就在那里等咱们。"

"你哥哥中文名叫李海……"

"李海侨。"

"哪个qiao？"

海伦听后，抬起右手画了几下，算是给厉玄写出来。厉玄没看清，把手机扔给她，"把你们的中文名字都输在我的备忘录里。"

海伦于是在厉玄的手机里输进了：李海侨、李海伦。

艾州科技园到了，厉玄终于看见了海伦哥哥，他兴奋起来，脚踩制动，头探出车窗，满面笑容地对他说："又瘦了不少，身轻如燕啊！"

"最近好忙！"

"真是不好意思，知道你忙还来打扰你。"厉玄抱歉地说。

"没事。我提前帮你预约了个车位，车子不能停这里，要停在指定车位F01。"

"怎么收费？"

"园区里目前免费。"

"这么好。"

"离午饭还有一个多小时，不如我们开车先简单逛一下这里。"

"OK，上车！"

海伦换到后排去坐，让哥哥坐在副驾驶座位上为厉玄当向导。厉玄的车速只有二十迈，从前方风挡玻璃看进去，李海侨的脸就像厂房一样，整齐且线条分明，脸上容不得半点不明与玄虚，它们仿佛没有立足之地在他脸上。而厉玄的脸，虚实结合，虚与实在他脸上皆占有一席之地。

"艾州科技园是高新科技产业园区，研发与制造结合。这里目前所涉及的领域有材料、能源、工程、计算机、人工智能、生物医药、数字医疗，发展潜力巨大。政府还聘请了专业管理公司进行全方位管理，各类服务公司不断进驻，几乎每周都有，服务项目的发展空间也很大。"李海侨滔滔不绝地介绍着。

"早就听说艾州有个高新区，一直没机会来，这里规模还真不小。"厉玄望着一片片造型各异又风格统一的房子说道。

"别看这么大片，房子都是可移动的，说拆几天就能拆，换个位置再装好，人家才是真正的身轻如燕。"

"轻质材料。"

"是啊，而且环保，总之都是新型结构材料建起的房屋。"

"拆了之后归谁？"

"都是园区所有。园区会根据情况随时调整布局，保持最优模式。"

厉玄心想，又拆又装也够麻烦。

"你吃住都在这里？"厉玄接着问。

"是啊，这里配套设施齐全又周到，厂房、研发实验室和住宿的租金都不高，我个人开销都加在一起也就是大威尔士港的一半。"

"这么便宜！"

"是啊！"

车子围着园区又绕了一圈，李海侨看看时间，"喂，从这个路口进去，一直走就是餐厅。这个时间午餐应该开始了，咱们去吃午餐。"

到了餐厅门口，厉玄把车子停好，三人一起下了车。

"我还不饿，想在这里拍拍照，你们先进去。"海伦下车后原地不动对他们说。

"那我不锁车了，你先吃点饼干薯片，都在车里。"厉玄回头对她说着，顿时感到浑身冒汗，"这里好热呀！"他站在海伦面前把外衣脱掉后扔进车里，身上只穿一件 T 恤。

李海侨看了看他俩，然后拉着厉玄走进餐厅。

周五是工作日，餐厅里吃饭的人不少，刚好碰到了李海侨的合伙人。"Hi，艾力克！这阵子我们只有在午餐时才能见上一面。"李海侨向前打招呼。

"李，这忙碌的日子真不知什么时候才能够告一段落。"

"就下午吧。今天下午我想要告一段落，大威尔士港来了个朋友，我陪他，厂房那边请你帮忙照看。"

"好，好。"

"谢谢！你真是个好人。给你们介绍一下，这位是我在大威尔士港的中国朋友 Lyndon，他目前是 LIX Trading Agent 的老板。这位是我在艾州科技园的合伙人艾力克。"

"你好，见到你很高兴。"艾力克向厉玄打招呼。

"我也是，谢谢！真巧，我们能够在午餐时间碰面。"厉玄对于外国人的分辨力不是很强，看着眼前这个男人，他只能确定他是本国人，年纪嘛，不好辨别，只感觉他长得有点儿像晨练老友 CEO。

"你恐怕只有，只有只有只有在午餐时才能够碰到我。"艾力克将"只有"两字重复了好几遍。

三人笑了起来。他们排队夹好饭菜后，端着各自的托盘围坐在一张圆桌前，边吃边聊起了天。

厉玄饶有兴趣地向他们咨询请教，艾力克作为合伙人痛快地向他讲起了他们的新技术。

"研发设计的灵感来源于'人'，鞋子原貌是一片如纸般的东西，当然比纸片结实很多，只需把它折叠成鞋的样子，然后粘合，做出各种造型，上面可以修剪出装饰，涂抹颜色，这样，一只鞋就做好了。它的材料完全取材于自然界的可再生资源，然后混合而成，没有污染，而且相当透气。整个制作过程也没有缝合。"

"适合在什么季节穿呢？"厉玄问道。

"各个季节。"艾力克叉了块鸡肉，蘸了些蒜香奶油放进嘴里，"鞋子会随着外界温度自行变温调节到令人脚感到舒服的温度。还有，它们会随着人脚变化，例如孩子的脚不断长大，从少年到成人，从成年到老年，脚的骨骼及形状在各年龄段也会不断变化，我们可以把鞋子随时进行调整，根据脚形不断调试，保证人们一生穿着它永远是舒适的。当然，我们还会进一步考虑人脚的各类疾病，进而研制出穿着舒适又能保持健康的鞋子。我们尽力实现一生只需穿几十双，十几双，几双鞋子，而非一年一年不断地去买鞋。这会减少很多废物和垃圾排放，减轻对环境的污染，还能减轻废品回收的压力。"

"自然界，无国界，就地取材？"厉玄好似在自言自语。李海侨继续吃着盘子里的蔬菜没有抬头。艾力克暂时放下叉子，端起咖啡杯，喝了一口香浓的咖啡，然后说道："好像不用那么麻烦。"

就地取材并不麻烦，但只立足于本国，也许是艾州，也许是帕州，也许是其他的州。而他国，就变得麻烦了。厉玄模糊地感到园区里蕴含着些关系，简单与麻烦；开放与紧闭。园区与这一国度的风格步调如此协调一致，就像他们的教堂与法院，还有市政厅，既开放又紧闭，既简单又麻烦，有时看似一时麻烦，却是为了避免更大的麻烦。

艾力克看了看厉玄的表情，停了几分钟后突然冒出一句："人一生，身体上的每个部件都会一直跟随，没有更新换代，更没有淘汰。"一句话，把厉玄那模糊的思路斩断得清晰又绝对，如同李海侨的脸般明了起来。不是矛与盾并存，而是没有……更没有……

"投资人，你看我们这项技术怎么样？帮我们预测一下。"李海侨插了一句话。

厉玄笑笑，说："我怎么成投资人了？"

"早听说你眼光很准，运气也好，科技园里还有好多项目，你相中哪个了？"

厉玄听后大笑了起来。

"目前都很抢手啊，资金从全球哪里来的都有，很吸引人的。我实在没有多余的钱了，否则会再找些项目投进去。"李海侨惋惜地说。

提起艾州，厉玄原先一直觉得那是一片温暖安静的人间天堂，有阳光、沙滩、海浪，此时身临其境，感到居然还这么炙手可热。

已经下午一点钟了，艾力克向他俩告别后，回去继续工作。厉玄被餐厅里的冷气冻得够呛，赶快随李海侨向外走。一出门，强烈的阳光照过来，立刻驱赶了身上的冷气，他重新感到了温暖。

"今晚要住这里，明天再走。"厉玄对李海侨说。

"是啊，我和海伦讲好了，安排你们住一晚，怎么，她没和你讲？"

"讲了，讲了。"

"放心，这里有专门为来访者盖的便捷旅店，干净，轻便，很好的。"

李海侨以为厉玄担心这里住不好，不停地跟他解释。然而厉玄却是因为刚刚一路走来，有感而发说出的一句话，他不想这么快又回到那条孤独的路上。

晚上，厉玄刚要进浴室去洗漱，突然听到敲门声，他打开房间门，是李海侨！只见他提着一瓶红酒站在门外。

"你想喝酒？"厉玄说着把他请进来。李海侨把酒放在电视机旁边，"我哪里喝酒？艾力克有个朋友送给他的，他又送给了我。今天刚好你来，拿给你尝尝。"

"你又不喝，我一个人喝有什么意思？"厉玄看到李海侨手里还握着个启瓶器，正准备打开，忙说："不要打了，我明天还要开车回去，今晚就不喝了。"

"那好，你带回去，哪天有空再尝。"

"多谢！"

"看到这里的投资洽谈会宣传广告了吗？"李海侨坐下来与厉玄聊天。

"看到了，每个电子屏上都在播放，我刚才上艾州科技园网站看了看详细情况。"

"主办方、行程安排、考察热点这类信息都在上面，有没有兴趣来参加？"

"这倒像个旅游项目，费用不低嘛。"

"为提高知名度，艾州政府与园区总管及多方协商后，决定搞这个项目，上面的价格是接待总体费用，包括了旅行社的服务费。你如果来，只需付其中的会议及参观费用就可以，其他方面，就像今天一样。"

"好，我先预约。"

"现在可以先从网上预约，明天白天我们去园区接待处正式登记报名。"

李海侨手里玩着启瓶器，向上一扔，接住了，再一扔，又接住了。他一边玩，一边说："你又有本钱，我劝你还是做些投资，轻松省事，风险小，可以单枪匹马地做，平安过一生。"

"咦，我想起来了，你才是投资达人，山上那幢房子是怎么来的？"厉玄反问道。

李海侨笑了笑，回忆起当年的情景："我当初要买房，可真是件难事，各方面都顺心的房子几乎没有。大港的美景享誉世界，人潮涌动，是炙手可热的投资胜地，房地产投资更是热点。好房子抢不上，最终我决定买地，自己盖房，就买了一块地，盖了两栋房子，一套自己住，一套给海伦住。"

"就是现在的茉莉湾？"

"没错，原先叫派克湾。当初那片地还没有被开发，与山上的富人住宅区相比显得很荒。被开发之后越炒越热，大幅升值，我就卖掉自己那套，在山上买了栋别墅。"

厉玄倚在床上，全神贯注地听着。

"这些海伦跟你讲过吧。"

"我是听她提起过，可没有你说得详细，她只说茉莉湾升值了，你卖掉那里的旧房子后又换了套新别墅。"

"海伦每天下班直接回家吗？"李海侨紧接着说起了妹妹。

"这个我不太清楚。在大威尔士港，她不是同时给你我做兼职？有时她比我下班会早一些，我也不知道她去哪里。"

"她总这样下去也不行，我想给她找份全职工作。"

"就让她跟你干，还能为你分担些工作。"

"她才不会。"

厉玄想说"不急慢慢来"，刚要开口，看到李海侨的双眼正盯着自己，握着启瓶器的双手也一动不动，于是把要说的话咽了回去。

"她目前正在考注册会计师，还差两门课，等拿下注会，我想让她到大环境中去增长见识。你觉得银行怎样？听说你之前工作在银行，有什么感受？"

厉玄是过来人，尤其在银行工作过，他还是相当谨慎的。

"有好机会可以去试试。"

李海侨听后，眼睛盯得更紧，"海伦怕是不愿意离开 LIX！Lyndon，如果海伦愿意继续留在 LIX，我考虑替她入股，她可以成为 LIX 的合伙人。"

厉玄并不抵触合伙人形式，但这个人不行，显然利益会捆绑在一起，还有，他们会变得越来越主动，自己恐怕会越来越被动。

其实这次厉玄与李海侨的见面完全是海伦一手安排的。她干脆先和哥哥交了底，表明她喜欢厉玄，认定他是她爱的人，想和他在一起。把厉玄带到科技园，让哥哥深入了解一下他，是个再妥当不过的理由。她心里早就清楚厉玄十分想来艾州，也明白他的暗示，但是在哥哥面前，她只是稍稍透露了厉玄对艾州科技园的兴趣。

在情感方面，海伦处于不大不小的年纪，她能够想出好主意周旋，还能把握些分寸，可是她仍旧太年轻，对自己的心灵感应充分信赖，还伴有美好的向往。她确认她的爱情来了，就是这个人，其他的，一概忽略。

而厉玄，李海侨总觉得他在情感方面有所保留，猜不出他的想法，他既不像是中年男人全然放弃爱情后渴望建立稳定家庭，又不对爱情主动出击，甚至面对降临的爱情没有一丝回应。

已经是晚上十点半，李海侨和厉玄聊得差不多了，起身向外走。

厉玄也跟着一起出来，送他到大门口，李海侨转过身，双手背后，对厉玄说出整晚的最后一句话："实业艰辛复杂。"这语气听来熟悉又意味深长。

对事业的态度，厉玄也正处于不老不少的年纪，脱离平台的他可以自己经营日常，也能够披荆斩棘，深谋远虑，却有些奋不顾身，期盼理想的结果。他回屋后，把门关紧，迅速打开手机，重新进入到科技园网站，页面上弹出了一个机器人模样的图标，嘴里蹦出几个词："24 hours Receptionist（24 小时接待员）"，刚才浏览网页时就看到过它。厉玄想了想，十分钟后，估计李海侨已经走远了，便换上鞋子，带着手机离开房间。

这个发达国家本就安逸，即便在大威尔士港，晚上也比国内要安静许多。此时科技园内没有一丝声响，星星点点的路灯点缀着黑夜，也照亮了厉玄去往接待处的路。厉玄在屋里浏览了两遍科技园网站，感觉接待处也许没有停止服务。他按照园区内的路标，走到一个小屋子前，玻璃门上写着 Reception，正是接待处，里面亮着灯。当他贴近门口时，门果然自动打开了，他走了进去。正对面是一张桌子，桌子旁边立着一个电子屏，和白天他在园区里看到的那些一样，他向前走了几步，站在电子屏前，用手点击着屏幕上的内容，那个小机器人图标又弹了出来，嘴里冒出一行"click me for help！（点击我获得帮助）"。厉玄好奇地点了它的脸，之后感觉整个电子屏开始动了起来，他低头向下看了看，支撑电子屏的立柱向右移动着，立柱原来的地面位置上有个圆盖子也自动打开了，从地下慢慢升出了那个小机器人的头，然后是身子和腿，直至两只脚完全露出地面，它便自动停住了，从"嘴里"发出了声音："欢迎光临艾州科技园，我是园区顾问，请问有什么可以帮助你？"厉玄被它那双大脚吸引住了，好像两只甲壳虫，圆圆鼓鼓的，他俯下身用手摸了摸，然后站起来，清了清嗓子，认真对它说："请问今年的投资洽谈会上是否有关于鞋子研发技术项目？"

"是的。"

"鞋子项目来自哪些机构？"

"艾州科技大学、达尔文材料技术研究院、彼得大学。"

"请告诉我它们所在的展区位置。"

"S16、S19、S20。"

厉玄换了个说法重新问一次："请问鞋子项目有几个团队？"

"五个。"

"他们的名称是什么？"

"艾州科技大学、安德鲁韦尔实验室、波利学院、达尔文材料技术研究院、彼得大学。"

"请告诉我它们所在的展区位置。"

"S16、S17、S18、S19、S20。"

"非常感谢！"

"不必客气。"

"我走了。"

"很高兴为你服务，好运，再见！"

"再见！"

厉玄走出玻璃门外，回头注视着它，其间没有其他人再来过，大约七八分钟后，小机器人自动回到地下，地面上的盖子自动盖好，电子屏也移回原位。接待处又恢复了安静，一切如他刚走来时的模样。

厉玄回到房间，看着手机中今天新拍下的张张照片，想要晒在微信朋友圈里，犹豫了一下，又想用微信直接群发，可还是停住了，他想想办公桌上那一摞中国企业的"简历"，把手机向床上一扔，自己也一下子躺在了床上，望着天花板，闭上了眼睛。

第四章

需 求

周六一早，李海侨领着厉玄到餐厅吃早餐，然后又带他去和艾力克告别。艾力克的家虽然在艾州，但是离科技园有些远，他通常是工作日期间住在科技园，到了周五晚上回家，可这个周末他并没有离开，除了工作有些忙外，还因为他刚刚卖掉了旧房。艾力克昨天中午吃的鸡肉和奶油似乎已转化成满身能量，在这个清晨开始散发，他那红红的脸颊和炯炯有神的蓝眼睛像极了 CEO 清晨跑步时活力四射的模样。

两人紧接着去接待处报名。临近接待处时，厉玄愣了愣，李海侨继续快步往里走，厉玄没有多说话，也跟着他走进去，却回头一直盯着接待处的门。这扇玻璃门挺大，几乎形成一面墙，昨晚它明明是朝着路灯方向开，今天怎么开在另一侧？他又环视了一圈，只有这一扇门。厉玄心里一直好奇，但不敢表露出来，直到全部办理完报名手续，李海侨说："我去下洗手间，一会儿就来。"他便趁机与前台这位一直为他们服务的年轻女接待员攀谈起来。

"好明亮的屋子！有那么充足的阳光照进来！"厉玄笑着对她说。

"多可爱的阳光！"女孩露出灿烂的笑容，她那金色的发丝被阳光照得闪闪发亮。

"一会儿阳光走了，这里会不会很黑？"厉玄边说边抬头向屋顶看去，"上面有灯吗？我怎么看不到？"

"这里白天不需要灯，房子会随着阳光转动，直至日落。"

"你是说这个屋子可以自己转动？"

"是的。"

厉玄看了看昨晚的那个电子屏，站得离桌子远远的，像是被桌子甩了。

"地面呢？"

"地板是不动的，只有屋顶和墙一起转动。我和桌子也随着门转动，我们一直会面向大门。"

"噢，原来是这样！"

这时，厉玄看到门外的李海侨向他招手，他与女孩道再见后，走了出去。

"喂，有没有看出这小房子有什么奇特的地方？"李海侨问道。

厉玄想了想，说："整个房子看起来是圆形的，墙壁和地面都是圆的。"

"知不知道为什么？"

"难道也是拆装方便？"

"你抬头看房顶。"厉玄跟着他仰起头，"房顶尖上有个轴，一按电钮，这个圆形的房子会转起来，可以一整天都能照到阳光，省电。到了晚上，还有阴天下雨时才用灯照明。"

"灯在哪里？"

"都镶嵌在屋顶内部，不仔细看是看不出来的。它们可以吸收阳光当能量，平时太阳照着房顶就能随时充电。"

厉玄掏出手机拍下了这个造型独特的小房子。

"你看它像什么？"李海侨又问。

"像个蘑菇。"

"想象力蛮丰富，不错，园区里的人都叫它蘑菇房。这是驻在园区里的一家建筑公司设计出来的，后来被园区采用，当作接待处。"

"蘑菇房还真不算是他们的首创，我国云南的哈尼族早在远古时期就盖蘑菇房。"厉玄边向前走边对李海侨讲了起来，"他们从山洞迁徙到一个名叫'惹罗'的地方时，看到漫山遍野生长着大朵蘑菇，那些蘑菇既不怕风吹雨打又能够为蚂蚁虫子们挡风遮雨，成了小虫子们的家园。哈尼族人就模仿蘑菇的样子盖起了房子居住下来。每当远方的客人去到那里，热情的主人就会请他们围坐在火塘边，烟茶袅袅，吃酒放歌，祝福宾客。"

李海侨听完厉玄讲的，吸了口气，闭上眼睛。

"我也是从网上了解的，没真正到过那里。"

几秒钟后，李海侨睁开双眼，"忘说了，你那小吃不错。"

"现在入境时海关查得那么严，我不敢多带吃的东西，我们那边还有好多美食呢，下次试着多带一些给你。"

"我要是把哈尼族的房子运到这里，海关会查吗？"

"哈哈！"厉玄听后开怀大笑。

"你哥哥真能干，个子不高，又清瘦，居然在异国他乡开工厂，做得风生水起。"车上，厉玄一边开，一边与海伦聊天，"原来在大港见面时，他好像说过和我同岁。"

"是啊！"海伦笑着说，眉间露出自豪。

"你比他小十岁喽！"

"是啊！"

"你没有其他兄弟姐妹了？"

"没有。"

海伦继续期待着厉玄的反应，可他却没有再往下说什么，注视着前方，集中精力开着车子。海伦坐在他身旁，注视着他的眼睛，他的目光里隐着多重，一重道路，一重远方，一重心田，神秘感此刻又泛了出来。海伦被这目光吸引得不能自拔，她忍不住要弄清他的心，他的想法，脱口而出："你在想什么？"

"我在想接待处那小蘑菇房，多有意思！"

海伦看出厉玄脸上露出开心的笑容，仿佛还有一丝欣赏。她眉宇间的那股自豪顿时消失了，闷闷地说："这个房子只在这里适用。这里阳光充足，日照时间长，又没有高楼大厦，只有一些轻便简易的矮房，阳光不会被遮挡。要是搬到大威尔士港或其他城市，它能有什么用？四周还围了一圈台阶，ugly！"

厉玄明显听出海伦越来越生气，不敢再说下去，继续开着车子。海伦索性闭上眼睛睡觉。

两个多小时过去了，车子驶进大威尔士港，厉玄感觉胃口发堵，喉咙也不清爽，把海伦送回家后，直接去了社区超市。他从蔬菜台上拿了棵白菜，又从冷柜里取了盒豆腐，回家做了一锅白菜豆腐汤，稀释消化这两天堵在胃里的奶酪、黄油、鸡肉、牛肉、酱汁、面包和香肠。李海侨给的那瓶红酒，厉玄实在没胃口喝，便把它放进了客厅的酒柜里。

吃饱后睡了一觉，醒来时已经下午五点钟了，他从床上爬起来走到衣柜前，开始挑选晚上去教堂穿的衣服。首先拿出一套西装换上，已经很久没穿过正式西装了，感觉好傻！笔挺与棱角和他目前所处的环境相当不匹配，他还有种感觉，西装在这世界上的施展之地会变得越来越小。他于是换上一条休闲布裤，做工精细，色彩柔和，上身换了一件休闲布衬衣，同样是精细伴着柔和。踩上一双精细又柔软的鞋子，厉玄浑身上下有了空间，可以轻松，可以规范。

一切准备好后，厉玄看看表，时间还早，他决定将这两天自己在艾州科技园了解的信息和拍摄的照片通过微信传出去。还是 AA

鞋业最合适当接收者，一来，自己和 AA 鞋业的老板有交情；二来，AA 鞋业的经营时间比较长，也有一定的规模；还有，AA 鞋业的心思近期十分强烈，这点厉玄能够感觉到，感觉自己和他那颗心的方向一样。

周六晚上的圣路易斯教堂 C 区小礼堂已经变成了一个舞台，多数人坐在座位上，观看着舞台上方最突出的位置出现的两位最突出的男人，肤色一黑一白，手舞足蹈，口若悬河，他们正在为大家表演着二人脱口秀节目，讲述他们最近体验人工智能的奇妙乐趣。二人互相为对方做道具，模仿机器人，一会儿说话，一会儿踢足球，一会儿跳舞，一会儿又成了仓库里的搬运工，夸张的表情和动作引来阵阵哄堂大笑。厉玄坐在座位上也情不自禁地跟着笑起来。

表演进行了大约半小时，厉玄出去方便，回来时，台上已不见二人，表演结束了。只见一些甜点与饮品在台下方摆了出来，厉玄中午那顿白菜豆腐汤已经消化得差不多了，他走过去拿了一个小纸盘，夹了两块曲奇饼，坐在第一排的座位上吃了起来。不一会儿，只听一声："Hi，GIVENCHY 男人，你好！"厉玄抬头一看，原来是晨练老友 CEO，忙说："Hi，我一直在找你。"只见他身后跟着两个男人，厉玄仔细一看，正是刚才台上表演的那二位。他们脸上的绯红还没有褪去，满面红光。CEO 接着对厉玄说："让我来为你介绍……"厉玄从座位上站了起来。"这位是亚洲海洋会计师事务所的老板维卡斯；这位是来自怀特港的艾伯纳·埃文斯先生，他是埃文斯兄弟银行的创始人。"

CEO 又把脸转向两位，介绍道："这位是我的中国朋友 Lyndon。"

"你好，Lyndon。"

"你好！"

二人分别与厉玄握手。

"你好，艾伯纳！你好，维卡斯！很高兴认识你们。亚洲海洋……请问是在威廉大街的那一家吗？"

"是的。"维卡斯礼貌地答道。

"我是您的客户。"厉玄也礼貌地对维卡斯说。

"噢，让我想想，你是……"

"LIX Trading Agent。"厉玄报出了名字。

"你的中文名叫 Xuan Li 对吗？"维卡斯说厉玄中文名字时的语调怪怪的。

"是的。"

"哦，为什么你们现在才认识。"艾伯纳对维卡斯说，"要是我的客人，我早就拜访过了。你为什么不去拜访客人？"

"哈哈！"厉玄忙说，"我的助理和亚洲海洋的会计师们是朋友，所以我把税务方面的事务委托给亚洲海洋事务所。是因为我经常回国，才一直没机会见到老板。"

"我们今天终于见面了。非常荣幸，亚洲海洋一定会继续尽全力为您提供优质服务。"

"谢谢！"

"我发现个好的位置，大家请跟我来，我们坐下继续聊。"CEO招呼三人来到甜点旁的一张圆桌前坐了下来。

厉玄仔细端详着面前的维卡斯和艾伯纳，他们皮肤一黑一白，可神态却是惊人地相似，不管是刚才台上的脱口秀表演还是此刻坐在台下聊天。他们又大又圆的眼睛时刻闪着光，即使嘴里不说话，也能通过眼神表达，他们的眼神有些国际化，仿佛能够表达给地球上东西南北每个地方的人们。要说他们脸上最大的区别除了肤色还有鼻子，维卡斯的鼻梁高但鼻子却没有那么大。论个头，维卡斯也比艾伯纳和 CEO 略矮一些。

从他们三人的聊天中，厉玄得知维卡斯也住在山上，和 CEO 既是邻居也是好友，CEO 所服务的公司也是亚洲海洋事务所的客户。他前阵子回了趟家处理些家族生意，前天刚返回来。

维卡斯生于亚洲的一个大家族，目前拥有双重国籍，这次回家是去参加家族会议。会议很重要，主题是自家工厂在中国及亚洲的发展。家族成员中一派坚持继续扩大在越南的生产规模，加大投资扩建生产基地，将所有目前在中国的生产制造业务全部转移至越南或东南亚其他地区。一派坚持要保留住在中国的工厂，因为越南没有如此大的劳动力规模及制造技术人才，目前他们只能做一些零件对接。还有成员提出折中意见，走"中国生产＋越南制造"模式，但这是否可以降低大量成本还有待商榷。

掌门人的意见是要保留家族在中国的工厂并做出决定：扩大中国工厂规模，逐步向北方地区延伸，同时要着力开发中国市场，产品内销。这样，通过扩充的销售额及利润来弥补将来从中国出口美国的损失。他们的产品目前在美国还没有太多的替代品，虽然美国的订单今后可能会减少，但近期会激增。对于家族在中国地区工厂的生产及中国市场要格外重视起来。

决定之后，掌门人给各位亲戚都布置了任务，维卡斯的任务是回大威尔士港找人脉资源打通中国市场。可是，他认识的大威尔士港里的早期中国移民多数为东南沿海地区，怎么挖掘更广泛的资源呢？

"请问厉先生来自中国南方？"

"不，我来自北方。"

"你家乡那里有没有外国的工厂？"

"有。"

"我的家族正考虑在中国北方新建工厂，同时在中国市场上销售我们的产品。"

"试着联系我们当地的招商办公室，那是政府专门设立的负责协调引进外资项目的部门。如果你需要，我可以帮你查找到联系方式。"

"噢，那真是好极了。"

"不过，中国政府目前大力治理环境，特别是北方，工厂一定要符合标准。"

"这个请放心，我们的工厂在中国南方已经待了很多年，一向配合当地政府。"

一旁的艾伯纳知道厉玄是中国人在这边做贸易代理，还一直是维卡斯事务所的客人，便也主动热情地与厉玄聊天，他和维卡斯的语速都是那么快，表情都是那么地丰富。

"厉先生，除了报税，目前还有没有享受着其他金融机构的服务？"

"没有，我只委托亚洲海洋向税务机构每年做一次申报。"

"那显得有些单调。厉先生愿不愿意尝试一下埃文斯兄弟银行，关于税务方面你可以继续享受亚洲海洋的服务，还有一些更加细致多元的服务可以放心交给我们银行来做，我们会为你的 LIX 打造最优方案，使其规避风险，长久发展。"

"请问贵行也在大威尔士港？"

"我们的总部在艾州的怀特港，而主营贸易金融业务的分行就坐落在大威尔士港的格林大街。厉先生之前听说过吗？"

"没有，我来这边时间太短了，很多东西都不太了解。"

"这不要紧。"

"请问贵行在融资方面有什么好的方案？"

"目前汇率稳定，所以汇率波动风险较小，LIX 的需求应该是在贷款方面，能够保持良好运转的基础上另外得到更多的运作资金以发展业务。"

厉玄感到对方如此坦诚，稍稍打消了些防备。

与长年生活在这里的人交谈，其实不必过多试探猜测，他们遵循制度与规则，开诚布公。可自己必须要透彻分析双方、多方，还要替对方分析，预测各种可能出现的情况。一旦出状况，要迅速实施预备方案，不至于措手不及，责怪对方变化多端。他们完全是跟着市场走，跟着现状走。刚刚维卡斯讲出的对中国市场的需求，厉玄觉得不错，可心中更大的兴趣是技术，当今世界的前沿技术。

台上又出现一个团队，这才是今晚的主角，来自怀特港圣玛丽教堂的教会成员开始进行宣讲。不同于刚才艾、维二人的表演，此时全场一片安静，所有的人都在认真地听着。尼尔森也在宣讲团队中，并负责展示人工智能机器人为宗教带来的帮助。安静持续了一阵后，一台真正的机器人被请到台上，全场又开始惊叹起来。

看过尼尔森的机器人展示后，大家纷纷走上台亲自体验，相互交流。厉玄被 CEO 拉到展示台面前，刚一站稳，只听面前的机器人对他说："你好！"

"你好！"厉玄也冲它打了声招呼。

"请问你是否刚刚去过艾州科技园区？"

"是的，你怎么知道？"

"我兄弟告诉我的。"

尼尔森解释道："它的家族对人说话的声音有感应，如果其中一个听到了某人的声音，这反应在它们整个家族都会被串联到，同时存储记忆，二十四小时内它们中的任何一个都会对见过的人通过声音辨认出来。"

听完尼尔森一番解释后，厉玄忽然看到了它的一双大脚，和昨天园区接待处那双脚一模一样，厉玄又仔细打量了它的脸和身体，和昨天那个确实很像，只是它的颜色是深蓝色，和昨天那个白色的比起来略显"深沉"。天啊！接待处地底下的那位听到自己的声音会不会记录下来？厉玄忙问尼尔森："它们会记住人说的每一句话吗？"

"它的确有这个功能，但是不允许使用，因为这会侵犯人的隐私，进而触及法律。"

厉玄听后心里踏实多了，又和宣讲团队简单聊了些人工智能的话题。

CEO 此时又跟他的另一位朋友站在一旁说话，厉玄在台上聊了一会儿，回头看着坐在台下聊天的艾伯纳和维卡斯，他定睛看着他们，然后，走下台又和他们坐在了一起。

艾、维二人聊得仍然火热，像燃烧的波浪，此起彼伏。厉玄觉得自己已经被他俩烧热了，喉咙又暖又润，顺势说起了自己的助理海伦的工作问题。他表示自己要回中国久住一阵，这边的代理业务也要暂停一段时间。而海伦将面临没有工作。他又简单介绍了海伦的自身情况。很快，一旁聪明的艾伯纳想出了办法，表示等海伦的会计证书拿下后，就可以申请埃文斯兄弟银行大威尔士港这边的职位。艾伯纳想得的确周到，到那时，离刚进行完毕的裁员会过去得久一些，时机更适合进行招聘，两全其美。

二人的开朗热情带动厉玄说出了求助，厉玄第一次求人办这种事如此爽朗又少有顾忌。

离开教堂时，夜色已深，正当人们都在开车匆匆回家时，厉玄反倒想要在这安静的夜色中驻留一会儿。他脚步慢慢地，围绕着教堂走着。圣路易斯教堂在夜色中庄重肃穆，和白天阳光中的它相比，呈现出另一番景象。厉玄走着走着忽然发现了烛光，在夜色中令人明朗。

"上帝啊！你果然已经在这里。"厉玄吓了一跳，他回头一看，见 CEO 开着车缓缓地停住，头探出车窗，从容地望着他。

"是你！"厉玄说完，头又转回去，面向着烛光，闭上双眼，默默地过了一分钟，四周依然安静无声。越来地，越来地安静，厉玄有些无我了，感觉不出自己在哪里，感觉不出自己在干什么，他的灵魂在这宁静的夜色中孤独地显现了出来。

CEO 依然坐在车里望着他，直到厉玄的身体抖动了一下，他感觉厉玄的灵魂又可以重新支配自己的身体。

"你已经找到了，我真为你高兴。"厉玄听见了他的话，转过身，一步一步走向车窗，伸出双臂紧紧拥抱住坐在车里的 CEO，泪流满面。

第五章

似是希望来

　　此次埃文斯兄弟银行的裁员在怀特港引起轩然大波，人工智能系统自动裁员的消息不胫而走，当地的民众对此表示出强烈不满，甚至举行了大规模的游行。

　　当初华德·埃文斯为避免麻烦，不惜使用人工智能机器人来运算这次裁员工作的结果，银行境内外各分支机构对"有把握的"和"没把握的"员工分别采取不同措施，实施得也还算是有把握，可最终还是走漏了风声，不断地在怀特港蔓延，愈演愈烈。众人的反应非常大，除了游行，还围坐银行及市政厅，抗议示威。一时间，这片宁静的港湾掀起一阵巨浪。

　　"可以让机器人帮人类做很多事情，例如搬运、分拣，可以帮人类减轻繁忙的工作、繁重的任务，为什么让它去裁员，它怎么能做得了这样的事情？"

　　"不能让机器人彻底代替人类，不能事事都交给机器人做。埃文斯兄弟银行真是疯了！这是对人类的侵犯。"

　　"今后如果每个公司都效仿这样的方式，那会变成怎样？真不敢想象！"

　　"这样会扰乱人类社会，会产生严重后果的。"

　　此时也正是海莼要做出选择的时刻，离开银行别无选择。

从银行大楼走出来的海莼换上白色连衣裙，戴上一顶白色遮阳帽，走在海边的沙滩上。这片海离市区比较远，海莼眼前一片开阔蔚蓝，隐约望到市中心那边的几座楼。海面上飞过一群鸟儿，又飞远了，海莼一直望着，心中却在思量接下来要做的事，餐厅打工。这件事倒是有的可选，一家是喜鹊餐厅，另外一家则是那个叫迈克的大厨从喜鹊餐厅出来后着手经营的，餐厅名字已经起好了，以他自己的中文名命名，叫祖遥餐厅，目前已经万事俱备，即将开业。既然是打工，又是在餐厅里，要能吃得上饭。喜鹊餐厅老板及老板娘那对华人夫妇的刻薄海莼早有耳闻，在当地的华人留学生圈里也很闻名，海莼对这家餐厅有些望而生畏，到那里真能吃得上饭？海莼没有把握。可那位从大威尔士港来的迈克，海莼一直在回想自从和他认识以来这个人的一举一动，依旧令她望而却步。在这片宁静的港湾，海莼一时感到迈不开步子，她要寻找另一片海洋，或许能得以迈步。正想着，迈克真的来了电话。

"喂！"

"海莼，是我，你在哪里？"

"我在海边。"

"后天上午十点祖遥餐厅正式开业，我搞了个开业仪式，来看舞狮子表演啊。"

"后天就开业啦？"

"是啊！哦，上次你和我提起做女招待的事，那个，嗯，可以，你这个周五晚上来我这里吧。"

海莼听到这话后，顿时不犹豫了，干脆先找个名副其实能吃饭的地方迈进去。迈克那里首先能给她饭吃，至于饭菜后面的企图……没什么可胆战的，管它是个餐馆还是个银行，管他是个厨子还是个经理，这个时候在海莼眼里都如出一辙。

"几点钟？"海莼问道。

"六点钟。"

"好的。你有什么要求？"

"你后天来，我和你讲。"

"好的，谢谢！"

艾州的阳光毫无保留地洒向每一片安静和喧嚣，也包括怀特港。海莼被晒得浑身热辣辣，她找了棵树，坐在了树下。已经下午六点钟了，太阳依然在空中不愿落下。

"很幸运在太阳落向大海之前，让我看到了你的容貌。"一个温和又礼貌的声音出现在海莼耳边。海莼抬起头，一位年轻男子正倚在树干那侧，用一双蓝色眼睛注视着自己。

"我很好奇你那双蓝色眼睛里面的我是什么样子？"海莼微笑着问，又忽然觉得自己这个问题有些令对方难以回答，马上说："哦，不，还是不要说了，不去在乎别人眼中的自己。"

"是的，也许你不必知道。"男子看着她的脸说道。

"哦，不，我是说……"海莼有些不知怎样表达，"我是说，我好奇。"

看到对方笑起来，海莼觉得自己表达得那么差劲，不断露出一阵阵尴尬，可越是这样，对方的脸上越是布满笑容。这笑容吸引着海莼目不转睛地注视起他的脸。太像了！英国文学名著中描绘出的那些迷人的脸，今天终于碰到了一张！他看上去和这个国度里的大多数人有区别，虽然头发棕黄，眼睛淡蓝，可气质更……海莼一时想不出个准确的词形容。

"明天我想去庄园品尝红酒，你愿不愿意来？"他问海莼。

明天？庄园？他至少先要问问我喜不喜欢这里的红酒，问问我对这里的路况是否熟悉，海莼心里想着。而他却在自信地等待着对方的回答。

"不去庄园可以吗？"

"可以，那就改在我家。"

海莼其实还想接着问他可不可以就在这海边的树下品尝，可还是把话收了回去。他仍倚着树站在一旁，等待着她的回答，温和而自信。

"好吧。"

他听后非常高兴，丝毫不顾及海莼心里的勉强。

"你叫什么名字？"

"波文，波文·史密斯。"

"你呢？"

"莼。"

已经接近日落，夕阳一点点地落向海面，美丽的霞光照在波文的脸上，为他那迷人的笑容又增添了一份朦胧，顿时掀起海莼心底一丝神往。

转天，海莼按照波文提供的地址去了他家。在怀特港，几乎无人不知晓史密斯家族，海莼是第一次来到这里。计程车停在了山上一条路的尽头，海莼下车后，一阵凉风吹来，四周好空旷，静悄悄的，没有一个人，平时怀特港已然很安静，可此时的这份静比海莼一直以来所感受到的怀特港又静了几重，静中透着阴凉。虽然身在户外，海莼却能听到自己的呼吸与心跳。

计程车开走后，海莼站在原地，从大铁门一旁的拱形小门走出一个人。

"你好！"又是那个温和自信的声音。

海莼看着他，确定是波文，轻声说了声："我很好，谢谢！"然后跟着他走，本就对方向不敏感的海莼面对这片陌生的地方早已识别不出东南西北，只得一直跟着他。走着走着，眼前变成了一片绿色庄园，真令人心驰神往！

"不是说到你家品红酒吗？"

"是的。"

"从这里怎么去你家？"

"走去我家。"

海莼环顾四周，又远望一番，没看见一处房子。

"看上去很远。"

"那我们可以在这里休息。"

海莼听后无奈地跟着他继续走。

"这里的葡萄和葡萄酒都在哪里呢？"

"你要在这里品尝吗？你昨天同意在我家里品尝。"

"我是说，我既然来到庄园了……"海莼又感觉自己的表达是那么地差劲，"我能不能参观一下这里？"海莼把组织好的语言说了出来。

"你是想先参观这里，然后到我家品尝红酒？"

"顺便在这里品尝怎么样？"

"我昨天问你要不要到庄园和我一起品尝红酒，你没有说愿意，而是同意改到我家里品尝，可你刚才又说在这里品尝。"波文摇摇头。

海莼一时无语，想要说话却不知如何表达。她仍辨不清庄园方向，别无选择地跟在波文后面。

艾州的气候比较炎热，怀特港坐落在艾州，一年四季都很暖和，但是史密斯家族的这片葡萄庄园位于海拔一千米的山坡上，并且有凉爽的海风吹过，恰好平衡了当地的炎热气候，是理想的葡萄种植地。加上葡萄庄园的土壤土质疏松，矿物质丰富，为种植出具有矿物质风味的葡萄提供了优异的先天条件。

与昨日海边的炎热相比，今天的庄园阴凉清爽。昨日的海边像是摄影师拍出的照片，多彩清晰，而今天的庄园更像是画家笔下的油画，朦胧又韵味十足。在走了近十分钟后，海莼后退了几步，抬眼向整个庄园望去，顿时感到自己已身在画中。

身在画中行，自己也便成了画。

在波文那双蓝色眼睛里，这同样是一幅朦胧美丽的油画，与他昨日第一眼见到海莼时的想象一模一样，以至于他冒出了这样的想法，请她到自家庄园里来，此刻的景象完全印证了他昨日的想象。她的裙子换成了紫色，她的脸不像昨天那样在日光下完全胀开，而是冷缩了一些，被葡萄紫色的连衣裙衬托着，一股东方人的沉静全然现了出来。她会不会像葡萄一样，剥去外皮后里面光滑水润，舔一舔很甜，如果将整颗吃到嘴里，真是……波文幻想着。虽然一开始海莼没有痛快答应来庄园，但这难为不了他，他提供给海莼的地址就是庄园后门的那条路，一般人不会以为那条路的尽头连接着一个庄园，因为庄园隐在里面，站在路边并不容易看出来。况且庄园的后门是很少对外人开放，也很少请客人从那里进入庄园。顺着庄园走十几分钟就能够到达波文的家，被一片树林包围着。波文打算请海莼来家品红酒，只是改从庄园进入，最终还是会走到家里来的。

走着走着，二人进入到庄园中最丰富精彩又充满生机的部分，无数个橡木桶，还有加工厂房。海莼兴奋地跟着波文参观各个功能区，听着波文介绍这里。一排排摆放整齐贴好标签的红酒，一段段酿酒的故事不断吸引着她，可波文并不太兴奋，因为他心里那最精彩的瞬间还没有到来。

海莼不愿再向前走了，她想到此为止。

"这里有没有可供客人品尝的红葡萄酒？白葡萄酒或者其他颜色的葡萄酒。"

"恐怕没有，你的酒在我家里。"

"昨天你一开始说过要在庄园里品尝。"

波文没有说话，海莼又接着对他说："我看这里不错，是品酒的好地方。"

"你的酒在我家里。"

海莼立刻停了下来，回头看着来时的路，已经有些模糊可还未完全迷失，趁着还没有走得太远，海莼想回头。

这时，不知从哪里出现另一个年轻男子，已经走在了前面波文的身边，二人轻声说了几句话后，只见男子回头朝海莼看了一眼，然后向她走过来，"你是莼?"一个温和又彬彬有礼的声音。海莼近处看清了这男子，天啊！又是一位"名著里的人物"，比那位还要高一些，脸庞比那位方，可皮肤一样地雪白，头发深棕色，眉毛很浓，两腮略带几丝胡须，和上面的眉毛呼应，同样有一双蓝眼睛。

"是。"海莼礼貌地回答。

"你好！我是奥斯顿。我们特意为你准备了红酒，欢迎到我们家里品尝。"奥斯顿的语气听起来很真诚，表情也认真。海莼彻底无法后退，只得又礼貌地回了一句："好，谢谢！"说完，便跟着两位"名著里的人物"继续向前走。

屋子里的温度适宜，光线昏暗，几盏微弱的灯亮起来，将这份昏暗映出了些许迷人味道。座椅坐起来很舒适，红酒已经斟好在玻璃杯中，摆在海莼面前。庄园多么美丽，屋子多么迷人，海莼整个人已经舒适起来，还要饮酒吗？面前的红酒不知是何种滋味，饮后真的能抚慰身心还是平添一抹愁绪？她端起酒杯，饮了一口。波文坐在海莼对面，双眼一直注视着她，在她饮过第一口酒之后，也随之饮了起来。

世间先有纯真、虚假、善良、邪恶、美好、丑陋，然后才有这一国人、那一国人，这里的人、那里的人。海莼一直是波文脑海中那幅油画里的女孩，他们二人也早已成了彼此画中和书中的人物，纯粹又充满感情。

颜料蘸完了，作家停笔了，红酒瓶子空了，计程车如约来了，海莼临走时再次对波文说："非常感谢你们准备的红酒，真是愉快的一天。"

"不客气。请问你介不介意把你的银行账号提供给我？"

"我的账号？为什么？"

"是这样，我家里有个规定，凡是来家做客的客人我们都会为其支付往来的交通费用。如果你乘坐计程车，我们会向计程车行业协会申请为你减免费用，你将会得到退款。"

"可我忘记了刚才乘坐的是哪家公司的计程车，车牌号也不记得。"

"这不要紧。只要目的地和出发地是我家，他们都会有记录，到时按照你支付的金额数全部退给你。"

海莼于是把自己的开户行、账户名称及账号提供给波文。

"你是埃文斯兄弟银行的客户？"

"是的。"

客户！海莼听后感觉别扭，可波文说得没错，好吧，目前就作为一位客户在怀特港活动着。

转天，海莼到市图书馆还书，然后不由自主地走到楼上一片安静的文学区域，那里不乏种种爱情故事，或浪漫多姿，或令人魂牵梦萦。海莼抽出一本，坐下来一页一页地读着，书中的表达可比她在波文面前的表达出色许多，她好羡慕，拿起桌上的公用铅笔和便笺，随手写下了："情非特意，然而偶遇。"

海莼印证了生命中有偶遇，而且美丽纯粹，虽然极为短暂，或许将不会延续，可在她今后的日子里无论面对什么样的邪恶，她的内心依然踏实，怎么也打穿不了她内心的美好。那份美好似乎坚实地占据了她的心灵，滑过神经浮现在她的面庞。

与迈克·黄，也就是黄祖遥认识，海莼却一直感觉并非偶然，他看上去像是早已对自己有所了解。从初次在路边碰到他，就看出他似乎早有预谋。

其实这次黄祖遥来怀特港是为了拓展业务，他早年移民并定居到大威尔士港，名下已经拥有三家餐厅，年初得到个消息，怀特港有家名为喜鹊的中餐厅要出售，他迅速找了过来，与老板谈价钱，可是这个华人老板极为狡猾，找了个借口暂缓出售，黄祖遥干脆就先留下为他打工，成为喜鹊的一名厨师。黄祖遥手艺一流，炒出的菜美味可口，使得喜鹊餐厅的客流量剧增，火爆得不得了，老板见状改口不卖了。黄祖遥一气之下又在怀特港找了个挂牌出售的外卖店，买了下来，重新装修成餐厅，美中不足就是地点有些偏远，并不位于市中心。而他的个人情况，人们都不是很了解，唯有那个眯起眼睛笑的 Wang 嗅到几分。

餐厅开业几天以来生意火爆，周五晚上收工之后，黄祖遥开车送海莼回家。马路上已经变得很安静了，只有几辆汽车在行驶。

"第一天来我这里上班，感觉怎么样？累不累？"车上，他关心地问海莼，鼻梁上依然架着那副墨镜。这墨镜在夜晚能为他带来什么？海莼不解其意，说了句："还好。"

"在这边做，确实比大港那里要轻松。"

海莼看看时间，晚上十点半了，问道："那边的餐厅能开到几点？"

"华人餐厅生意好的都要到晚上十二点多。"

"好晚啊！"

"时间还早，兜兜风啦！"

黄祖遥用力踩了下油门，一路向前猛开去。

黄祖遥边开车边和海莼聊起了餐厅经营，自己很多年来的经营策略就是找经营不善的餐馆，低价买过来，重新整装，把它经营火爆，再高价出租品牌。

"哈米快餐就是这个理念。它在本国是 No.1，也是个近百年的老店了。"海莼说道。

"你很了解它。"

"大学里学过这个商业案例。"

"我不觉得这是他们创造的理念。"黄祖遥反驳道。

"那又是谁的理念？"

"我觉得是他们学我们。"黄祖遥停顿了一会儿接着说，"潮涨潮落，怎么可以在潮水涨到最高时还盼它再涨？已经涨不上去了。等它落下，低落一段时间才有再上涨的机会。"

"这道理哈米快餐也懂吧，大家都懂。"

"可我们比他们早先懂。"

"懂得什么了？"

"绝处逢生。"

车子又向前开了一会儿，停在了海边。怀特港夜晚寂静辽阔，海边空无一人，黄祖遥请海莼下车到海边散步，趁机对海莼表达起了爱意，他的声音和语调与这片大海不搭调。一直在人群中迎来送往的他怎么可能面对片海吐露真情。海莼根本听不进去，他上一句刚说完，海莼就忘记了。他又接着说下一句，她又忘记了。说到最后只剩下一幅单调的画面，海边站着两个格格不入的人，连夜空与大海此时也显得乏味无聊。

海莼无奈将刚刚在车里问过的问题又问了一遍，从黄祖遥嘴里得出了更多信息。

"你在大港几点收工？"

"我在大港有两家店，都开在华人区，生意好时我们后厨从上午九点就要准备，夜里一点才下班。"

"这么火。"

"我在奈斯海滩还有一家店。"

"那里是景区，会有不少游客。"

"我们在旺季时开门营业，淡季时就做外卖，生意蛮不错的。"

"都出租了？"

"是啊。"

"租金能收不少啊！"

"生意好，就可以高收租。"黄祖遥看看海莼，"怎么样？你有没有考虑做生意？"

"什么？"

"等我把这家做好……"

"不，不。"海莼连忙否认。

"其实做生意是很有意思的事，做久了就能体会。"

"潮涨潮落我可受不了，再弄个绝处逢生，听着那么惨呢！"

"海莼，我在大港富人区有幢房子，这辆车是新买的，你喜不喜欢？"

"海莼，海莼……"

海莼此时不只感到乏味，还阵阵作呕。而在黄祖遥看来，顺势而入的时机来了。

"你并不认识我。"海莼想要阻止他顺势而入。

"我知道你很好。我……"

"我可没跟你说过自己好不好，你是听谁说的？"

"海莼，薇薇安经常在老板娘面前提起你，她一直说你是个不错的女孩，主动向老板娘介绍你到喜鹊当招待。我也单独问过她，她跟我讲你确实很好。直到那天她把你领到喜鹊，我第一眼见你就……"

"她这么说？"

"是啊！薇薇安很会讨好老板娘，老板娘也信她，她们的关系不一般。你没有去喜鹊做工太对了，不然肯定被……"黄祖遥继续安慰地说，"海莼，这里呢，这种事是很正常的，很多人都难免遇到，你不要太难过。我刚才跟你说的话，希望你可以认真考虑。"

听了黄祖遥的一番话，海莼似乎证实了藏在她心里的怀疑。她的离职与兆小促有关，兆小促事先已闻风，也许还知道更多内容。

想到这，海莼觉得累了，正要回到车上，只见黄祖遥从口袋里掏出几张钞票递到自己面前。

"海莼，今晚你做了三个小时，这是工钱。"

海莼感觉不对劲，想要用手接过来，又不知黄祖遥接下来的举动是什么，她犹豫着，一直看着他的脸，可惜他脸的三分之一被墨镜遮住了，什么也读不出来。

"如果你今后需要钱，我可以直接给你。"

"好，我先把工钱收下。"海莼接过钱，放在口袋里，"对了，从餐厅到这海边的汽油钱扣掉了吗？"

"海莼……"黄祖遥刚要说话，被海莼打断了："刚才出门前，你不如直接给我叫辆计程车，把这钱付给司机，让他送我回家。反正也就这一次。"

"海莼，要是让别人见到我喜欢的人在做工，还是在自己的餐厅里，我会被笑话的。我从明天起每天给你送些吃的来。"

海莼越听越作呕，就像闻了不常冒出的气味，吃了不新鲜的东西一般，恶心得她连恨都恨不起来。本想转身走开，尽快远离这股气味，忽然一阵巨大的海浪翻滚声响起，伴着一阵风吹来，吹开了这股恶味，也吹清醒了她自己。她突然有根神经灵活起来，对黄祖遥说："我可以先尝尝，只要你的菜值得品尝。"说完转身走了。

"海莼，在你找到新工作之前，就待在家里，千万不要去喜鹊餐厅做工。海莼，你听到了吗？"黄祖遥在后面大声地嘱咐着。

海莼到祖遥餐厅当女招待的消息传到了兆小促的耳朵里，她大为不悦，顿感丢了面子。本来想把海莼拉进喜鹊餐厅来，这样既能够增加人手，又能够做个顺水人情，到时候老板娘也高兴，海莼也要感谢自己对她的帮助。可海莼直到离开银行也一直未做出反应，她以为是海莼自己不想做招待，去找其他工作了。万没想到居然被迈克撬走了。兆小促认为自己和海莼认识的时间比迈克要久，也是自己最先和海莼提出这件事，可她还是跟着迈克这个刚来怀特港没些日子的人走了。黄祖遥走时还从喜鹊餐厅挖走了一个女招待和一个后厨，一下子令喜鹊餐厅损失了三员大将。从事了多年厨师，又经营了多年餐厅，他深知餐厅的要害，喜鹊餐厅的命脉就这样被他不声不响地抽走了。而这个小地方又很难马上聘请到好厨师，从那以后，喜鹊餐厅的老板不得不自己系上围裙，亲自下厨房抢大勺。

周六，兆小促又被老板娘叫去做工，她做完网络直播后，马不停蹄地来到餐厅。她的身体依旧轻飘飘。关于餐厅兼职这件事，也曾有中国朋友们问过她为什么？在银行已经有了一份全职工作，为什么还要去中餐馆卖命地打工，对此，兆小促有个足够体面的理由解释，是因为美国总统的女儿都曾经在餐厅里当服务生，发达国家都这样。问她这个问题的人们都十分确定她的爹不是美国总统，也不是任何发达国家的总统，即便是，也仅仅是个总统，便不再和她纠缠了。

"Hi！"小促一走进餐厅门，见到一个年轻男人向她打招呼。

"Hi！"小促也冲他打了个招呼，他一身厨师服，显得干净利落。

"你是新来的？"

"是的。"

"你叫什么名字?"小促接着问道。

"我叫托尼。我原本是在这里做,后来去大港了,现在听说喜鹊缺人手,回来帮帮老板和老板娘。"

"我从没见过你。"

"我走时你还没有来,现在餐厅里的每一个人我都没有见过,除了老板和老板娘。"

"哦!原来是这样。我先去换衣服了。"

"喂,听说你酒量很大,今天是周末,晚上收工后一起去 pub 怎么样?"

"好啊!"小促高兴地答应了。

从餐厅里走出来的海莼,又来到市图书馆,她毫无心思再看书了,快步走向一楼报刊杂志区翻看当日报纸上的求职信息。这里并不那样安静,也没有爱情可享受,有的是那些离地面更近的新闻或趣事。海莼拿着报纸刚浏览了几下,手机便开始振动起来。"0090"是哪里的区号?她觉得这个来电很陌生,又抬头看看四周,一片谈笑风生。什么地方更适合接电话?她想了想,干脆走进一旁的洗手间。

"Hello!我是海莼。"

"你好!我是大威尔士港亚洲海洋会计师事务所。你曾经在 4 月份投递给我们一份简历,谋求会计助理一职。"

"是的。"

"请问你目前在哪里?"

"我在艾州怀特港。"

"是否方便本周来事务所做面试?"

"本周哪一天?"

"本周五早上九点钟。"

"不好意思，九点，我恐怕赶不过去。因为最早一班巴士是六点半发车，九点前到不了大港。请问我可不可以稍晚一点过去。"

"没关系。请问你是否愿意进行电话面试？"

"那很好。我非常愿意。"

"现在可以吗？"

"现在就可以。"

几个问题过后，对方说道："请于本周五上午来事务所。"

海莼听后有些激动，脸上泛起了一丝光芒。她紧接着问了一句："还有下一轮面试？"

"是的。"

"好，我尽量在早上九点钟到达事务所。"

"还没有在大港安顿好吗？"

"哦，我尽快。"

与对方通话结束后，海莼忙从洗手间出来，来到一台公用电脑前，上网搜起了大港的租房信息。她的思绪有些跳跃，看了一会儿，又忽然想到什么，立刻起身从图书馆出来，直接走进一家大型银行在怀特港的营业厅。

"你好！请问有什么可以帮助你？"

"我想要开新账户，请帮我预约一下。"

银行服务人员在系统中搜了一会儿，对海莼说："十分钟后，会有一位客服有空，如果你愿意，我可以帮你和他预约。"

"我愿意，谢谢！"

海莼坐在等待区的沙发上填写客户信息表，不一会儿，走来一位客服，两人互相打过招呼后，海莼将信息表递给他，客服认真地读起海莼填写的信息。

"你之前在埃文斯兄弟银行工作?"

"是的。"

"那么,你现在怎么样?"

"我可能要离开艾州。"

"你已经找到新工作了?"

"我刚刚结束了一个电话面试,我想我可能要走了。"

"恭喜你!"

"谢谢!所以我要开一个新账户,方便在那边使用。"

"没问题。欢迎你来到我行,我会尽全力为你服务。"

开好账户后,海莼又来到埃文斯兄弟银行,最近的一家只有大楼下的营业厅,也是她曾工作过的地方。她走进大厅,原先一起工作的一位同事见到海莼,上前问候:"你好!海莼,很高兴见到你。"

"你好!"

"请问有什么可以帮你?"

"我要取钱,然后销户。"

同事听后,尴尬地说:"好的,请随我来。"

海莼跟着他来到一个窗口前,只听同事朝里面问道:"请问还有人可以出来办业务吗?"

"不要紧,你帮我取一个号码,我去那边排队。"

"请问有人吗?"同事继续大声地问了一遍。

"哦,亲爱的,不要再喊了,请帮我取号码吧,我去那边排队。"海莼劝道。

小伙子不情愿又略带些气愤地走到取号机前为海莼取了号码条。

"新增加的取号机?"海莼问。

"是的。每天只有一个窗口办理业务,总是排着许多客人。"

"有没有新增网上业务?"

"怎么新增？当然没有。"

正说着，一位排队的客人不耐烦地喊起来："还要等多久？"小伙子忙上前安抚："先生，请不要着急，为了安全起见，您的业务只能在柜台办理，请耐心等待。"

"你们银行不是有机器人吗？叫来为我们办理业务。"

"哈哈哈！"客人们一阵哄笑。

一个小时后，海莼终于办理完了业务，她走出这家银行，又回到那家银行，来到柜台前，把刚取出的所有积蓄存进了新账户里。彻底摆脱了埃文斯兄弟银行客户的身份，她心里舒服了不少。接下来的口号是：争取机会，继续打拼！海莼一路笑着往家走去。

得知海莼准备去大威尔士港，黄祖遥觉得机会又来了。他打拼到这个岁数，无论在哪里都能时刻寻找到机会。他的眼里只有富与穷，有钱与没钱之分。有钱等于富，没钱等于穷，大港富，怀特港穷，大港的人有钱，怀特港的人没钱。在大港的中国人有钱，在怀特港的中国人没钱。自己到了怀特港可谓优势无比，无人能及，在这里留学工作的人们肯定没那么富裕，否则怎么不去大港。在这里找个人品不错的女孩，许愿给她豪车豪宅，再向她求婚就 OK 了。于是便又一次地乘虚而入。

"莼，你真的要走？"

"是啊！"

"我在大港的那套房子可以给你住，我还可以让我妈给你做饭，拿你当个儿媳妇一样对待。"

"你妈的儿媳妇在哪里？"

"莼，你一个人在那边也没人照顾。就让我妈照顾你多好。"

"我在这里有人照顾吗？"

"我呀，我可以一直照顾你。"

"你刚来几天？怎么成了你照顾我了呢？"

"莼，我不是在跟你随便玩玩，我是真心喜欢你，想和你结婚。我真搞不懂，这里条件那么差……"

"等会儿，你说差？我看这里就是个天堂啊！"

"哎，大港房子租金可比这里要贵三倍。"

"你还真是提醒我了，既然租金那么贵，你借我点儿钱怎么样？我用钱的时候到了。"

黄祖遥谈钱色变，忙说："我刚才说了，我愿意把自己的房子给你住。"

"我已经在大港租好了房子，订金都交了。"

"我的餐厅刚开业，钱很紧张。"

"你不是还有辆车吗？那天晚上在海边，你还说要送给我的。"

"你如果愿意的话，我可以送你一辆新车。"

"你还是有钱啊！要不然拿什么买车送我？你不如把那买车钱借给我怎么样？"

"不好意思，我要接一个电话，先挂了。"

"黄老板，你再考虑一下嘛，大港租金很贵呀！"

黄祖遥迅速挂了电话，嘴里念叨着："傻瓜！以为在这个烂地方！到了就知道了。"

海莼见黄祖遥挂断了电话，随手要把保存在手机里他的电话号码删除，刚要点击删除键，停住了，她想了想，然后把"黄祖遥"这三个字改成了 Definitely Not（绝对不）。紧接着，又搜出波文的号码，给他发送了一条告别信息后，将他的名字改成 Moderately（适度地）。

第六章

至近至远

"你好！我是海莼，从怀特港来的。"

"快请进！"办公室里一位年轻女孩热情地把海莼请进屋并问候道："今天刚来大港？"

"是的。"

"住处找到了吗？"

"我租了间离事务所近的房子。"

"请坐。"

"谢谢！"海莼在这间小小的会客厅里坐了下来。

"稍等一下，我去叫维卡斯。"

这女孩看上去像是中国人，一脸笑容，眼睛不大，双眼眯缝着，头发烫成小小的卷，爬满整个脑袋。圆圆的脸，圆圆的身子，四肢蛮灵活的，个子不高，脚上穿着一双高底加高跟的鞋，鞋跟尖尖的。她的头发和鞋子看起来是完美搭配的一对，可夹在中间的圆脸、圆身子和那双结实的腿盖过了那副完美，与一头一脚并不那么般配。

不一会儿，女孩回来了，身后还跟着一位大约五十多岁的男子。女孩笑着介绍道："莼，这位是亚洲海洋会计师事务所的老板维卡斯。"

"维卡斯，这位是从怀特港来的海莼。她是我们事务所新招聘来的。"女孩迫不及待地说。

"你好！很高兴认识你。"

"你好！维卡斯，我也很高兴见到你。"

"看过你的简历，我们不妨坐下来聊。"

"好的。"

维卡斯既热情又健谈，让海莼一下子放松许多，敞开心扉和他介绍起自己，海莼并未感到自己正对着一位老板面谈，而是在和朋友聊天。那女孩也笑着坐在一旁，双眼仍然眯缝着，好像永远睁不开，时而也插几句话进来。就这样，不知不觉近一个小时过去了，维卡斯因为有个电话要接，便对海莼说："我们就聊到这里，你表现得不错。今天是周五，那么，下周一早上八点半来上班，可以吗？"海莼听后按捺不住心中的喜悦，站起身来对他说："真的吗？当然可以。非常感谢您能给我这个机会。""不客气。"他又对身旁的那位女孩说："Qiao，接下来的具体事务由你来做。""没问题。"女孩痛快地答应，然后告诉海莼先坐下来等她一会儿。

目送二人走出屋子后，海莼又坐下来，仍沉浸在被正式录用的喜悦之中。虽然事务所那天已经口头暗示过她，可仍需要再做一次面试。来事务所之前，她的心一直悬着，没想到今天与老板的面谈竟然进行得如此顺利。

"恭喜你，海莼！"女孩回来了，用中文对她说，脸上堆满笑容，手里拿着个文件夹。

"你果然是中国人。"

"嗯嗯。"女孩点点头。

"你叫什么名字？"

"我中文名字叫 Zhuang Qiao。"女孩坐到海莼身边，脸上仍堆满笑容，这笑容令海莼感到奇怪，特别像下属对上级的笑容，或者说看似有事相求，又有些难于开口。

海莼一时不知该说什么，只是看着她那圆圆的脸。屋子里安静了半分钟后，那女孩又往海莼身边贴近了一些，然后开口对她说："你就算成是我的户。"户？听得海莼莫名其妙。

"今后你就跟我。"

"你负责培训我？"

"没问题。"

"那好啊！刚才你也听到了，我大学里读的是会计专业，特别希望能在会计师事务所实践，可毕业后没找到相关工作，一直在银行做柜员。"

"正好在这里多多练习。"

"你在这工作多久了？"

"不到一年。"

海莼听后心里有点儿凉，还不到一年？她又仔细端详了一下女孩的脸，她的脸其实好年轻，如果把烫卷的头发拉成直发，就是个学生模样。

"你毕业不久？"

"不到一年，我毕业后就来了。"

天啊！原来是个孩子。女孩从文件夹里拿出一张纸，对海莼说："亚洲海洋事务所有个规定，凡是新员工，如果没有满一年的相关工作经验，一律先从毕业生岗位做起。"

"毕业生岗位？"

"是的。"

"招聘广告上写的是会计助理，我应聘的是会计助理岗位。"

"可是你没有在会计师事务所工作过，没有任何相关工作经验。按照规定，你只能算作毕业生。"

"那也就是说我没有应聘成功。"

"不，维卡斯刚刚已经录用你了，你应聘成功了，只是没有获得助理一职。"

"毕业生岗位薪水是多少？"

"这取决于你做的 case 数量。"

"你能说得明白一些吗？"

"简单说就是按件计薪。"

"没有其他了？"

女孩摇摇头。

"这里有几个员工？"

"总共十个人。"

海莼看看这套小房子一共才三间屋子，怎么可能有那么多工作人员。

"我是做全职吗？"

"刚开始是要每天都来，按照规定的时间上下班，等熟练以后可以根据具体情况调整。"

"我可以先看一下你手里这张纸吗？"

女孩把纸递给了海莼，说："你慢慢看，我出去一下。"

这只是一份协议，上面的条款十分简单，海莼拿在手里，感觉它太轻，一点儿都把握不住。它随时会飘出窗外，掉到地上，被风吹走，被雨浇透。不知不觉地，她独自走出了这里，乘坐电梯下楼，走出大楼外，四周真可谓高楼林立，她向上面望去，很难看到广阔的天空，没有云在飘。居然是这个情况！海莼意外得几乎要窒息，喘气都有些费力，一时没了方向。这时，包里的手机响了，她接通后立刻听到对方急切的声音。

"是海莼吗？"

"是我，怎么了？"

"你住的房间有人相中了，想尽快住进来。请问你这周要不要退房？"

海莼听后更加不知所措，大港这边房间的订金已经交了，怀特港那边的房间没有再续交租金。她不知该怎么回答，可事已至此，又别无选择。

"好吧，我今天回去收拾行李，周日退房。"

"谢谢，周日我等你喽！"

海莼又走回到那间会客厅，见女孩正坐在那里，忙说："不好意思，刚才出去接个电话。"然后在那张纸上签了字，女孩也在培训人签名处签下了自己的名字：Qiao Zhuang。

周一早晨，海莼准时来上班，一进门，便看到 Qiao Zhuang 正在搬东西，从一间屋子搬到另一间屋子。

"早上好，海莼。"

"早！你在干什么？"

"我在把我的办公用品搬走。海莼，快进来，这间办公室是给毕业生准备的，这个是我之前的座位，你以后就坐在这里。"

海莼见这间拥挤的屋子里摆放了四台电脑，三个文件柜，地上还有一堆堆的文件夹。

"客户不少啊！"她随口问了一句。

"我们现在共有将近五百个客户的 case，其他屋子里也装得满满的。"

这时，从门外进来一个女孩，先用英文大声和 Qiao Zhuang 打招呼。"Good Morning！"马上又小声用中文说，"今天维卡斯不在？"

Qiao Zhuang 摇摇头，用中文说道："想偷懒？"

"我上午有点事情，想提前一小时下班。"

"连半天都坚持不下来？"

"亲，帮帮忙。"

正说着，陆续又进来两个女孩，海莼一看都是中国人模样。Qiao Zhuang 用中文大声对三位说道："我给你们介绍一下，这位是事务所新来的同事，名叫海莼。她是从艾州那边过来的，之前在银行工作。"

大家互相问好后便开始了工作。Qiao Zhuang 教了海莼半小时的业务，让海莼自己练习使用会计软件，然后转身和另外三位聊起天来，越聊越火热。

"恭喜啊！晋升成会计助理了。"

"请客！"

"金玫瑰餐厅。"

Qiao Zhuang 一听，随手拿了支笔朝三位女孩扔过去。

周二，海莼走进办公室后，打开电脑继续完成昨天 Qiao Zhuang 布置的工作。不一会儿又进来两位，同昨天一样，中国女孩，做了几个小时的 case 后就走了。到了下午，这间办公室就只有海莼一人，Qiao Zhuang 在维卡斯办公室里接待一位客户。

门铃响了，从外边走进一位男子，Qiao Zhuang 连忙从屋子里面走出来，看到那人后立刻热情地上前打招呼："下午好！我刚知道了你的一个新名字，GIVENCHY 男人！"

"哈哈！"他笑了起来。

"有什么可以帮你？"Qiao Zhuang 问道。

"接到你们的电话通知，缺少两笔费用明细，今天送过来。"他说着，从包里掏出两张纸。

"太好了！非常感谢！还麻烦老板亲自送过来。"Qiao Zhuang 接过纸说道。

"海伦今天有事不在。我还是第一次来这里,不过咱们可是见过好几次了。"

"维卡斯正在见客户。"

"不打扰他了,我这就走。"

"等等。"

Qiao Zhuang 把头伸进另一间办公室,轻声喊道:"海莼,先出来一下。"

海莼放下手里的活儿,起身走了出去。

"Lyndon,这位是新来的会计师,也是中国人,名字叫海莼。我安排她做你的 case。"说完又对着海莼介绍道:"这位又高又帅的先生就是 LIX Trading Agent 的老板厉玄,厉先生。"

厉玄笑着和海莼打招呼:"你好!叫我 Lyndon 就可以。"

海莼见眼前这男人个子很高,身穿 GIVENCHY 衬衣,一派精致。他最后这句中国话口音听着那么耳熟。难道也是……

下班了,海莼从事务所出来走在大街上,她来到大港仅仅几天,却感觉无数中国人扑面而来,做贸易的、房产买卖的、大小超市收银的。来到亚洲海洋里更是如此,一摞摞 case 里有近半都是中国大陆客户的,做 case 的会计也都是中国大陆来的留学生,有在读的,也有刚毕业的。除了中国人,还有全球各路人聚集在这里,这个国家的味道随着碧蓝的海水,以及海上掠过的阵阵海风消失得无影无踪,已经学习生活在怀特港多年的海莼感到有些嘈杂,在大港难以嗅出这个国家纯正的味道。

海莼的房东是一对台湾夫妇,他们的心情一直不好,周末休息时那位太太听到海莼在做饭,便来到厨房和海莼聊天,"你喜欢自己烧菜?"海莼笑笑,一边煮咖喱鸡一边说:"喜欢。""你烧的菜闻起来好香啊!颜色也蛮好看的。其实这附近也有很安静的亚洲餐厅,公寓左边第一个路口的那家台湾餐厅就很安静，菜也蛮可口。还有阳台这侧，"房东太太边说边指向外面，"看到没有？那家蓝色门窗的泰国餐厅，里面也很安静，菜甜甜辣辣，蛮好吃的。还有一家马来西亚餐厅也不错，不过离得有些远。"

房东太太从柜子里拿出一包饼干，坐下来，边吃边对海莼说："我们刚来大港的时候，大港的 China Town 只有一个门，现在是五花八门。那时候在大港的人穿衣服只有四个颜色：白色、黑色、灰色、咖啡色，现在大港里五颜六色。当时整个大港的公交车才七八条线，现在有接近六十条线。"

房东太太说话很快，不停地讲大港，口气中略带些抱怨。海莼听着听着，感觉心里越来越拥挤，房东太太越讲越快，海莼的心也跟着五六七八地上下翻腾起来。

吃完饭，海莼又换上了那条白裙子，外面加了一件白色薄衫，戴上那顶白帽子，走去了海边。离公寓不远的这片海上没有游轮，海边也没有游客，偶尔看见一家四口人从公寓楼里出来，到海边散步。海风吹在脸上，清爽又干净。海莼抬头看看海边的公寓，透明的玻璃窗和用玻璃镶砌的阳台，一尘不染。一位男子坐在阳台上悠闲地喝着咖啡，心情看上去真好。海莼被他感染了，心情也稍微好了一些。不过，工作的不如意还是深深占据着她的内心，打击一个接着一个，被裁之后又不巧应聘了一家没有固定薪水的私人事务所。从怀特港那片海望着远方，自以为是希望，可来到远方，海莼却感到无望，这份无望来得飞快，毫无顾忌又不加掩饰地压在她身上。是怀特港与大威尔士港离得太远？还是希望与失望离得太近？

突然，身后一声："Hello！"海莼回头一看，是那个 Lyndon。

"是你啊！"海莼惊讶地说。

"这么巧！"厉玄说道。

"巧合？你从我身后怎么认出我？"

"你刚才从那边过来，我就看着像你，走近一看还真是。"

"还以为我被跟踪了呢。"

厉玄听后哈哈大笑，"咱们周二就见过，我跟踪到今天才认出你来？"

"哈哈！"海莼顿时笑起来。

"还是直到今天你才认出我来？"

"哈哈哈！"海莼笑得更厉害了。

海莼心情比刚才又好了许多，一边笑一边问厉玄："你的口音越听越耳熟。"

"是吗？不会吧。"

"是，很耳熟。"

"你哪里人？"

"你哪里人？"

"我数一二三，一起说，一、二、三……"

双方听后互相惊讶一番。

"真是没想到，你看上去不像。"厉玄对海莼说。

"你也不像。"

"我哪里不像？"

"我哪里不像？"

"你就是不像。"

海莼不愿再跟他争下去了。

"嗯。"厉玄点点头。海莼又忍不住笑起来，"你自己'嗯'什么呢？我没再说话呀！"

"嗯。"厉玄又点点头。海莼看看他，厉玄接着说："会计师，我们的报税，拜托！"

"哼。"海莼摇摇头。

"能告诉我你的手机号是多少吗？"

海莼有些犹豫，仍看着厉玄。

"有事方便联系。"厉玄说。

"业务上的事情直接联系事务所就行。"

"那我要是想请你喝杯咖啡呢？这事怎么办？"

"现在吗？还是以后？以后就到事务所找我。"

厉玄咬了一下牙，说："好！"

晚上，厉玄吃过晚饭后，开始收拾行李，他又要回趟中国。厉玄这次走不同于以往的频繁往来，此次临行前，他要做个暂时的了断，无论对业务还是人。怎样安排先后顺序呢？他先到办公室处理各项业务，正在进行中的业务尽量推进，琐碎的事务归纳后统一解决，还剩一些乱麻干脆快刀斩断。集中忙活了两天，基本搞定。接下来便是人，他仔细想了想，首先联系了亚洲海洋，以客户的身份预约维卡斯，又跑到那里与维卡斯见了一面。

"亲爱的朋友，我要回中国一段时间。"

"你确定？"维卡斯瞪大了黑眼珠问道。

"是的。"

"我们 LIX 今年的报税就拜托亚洲海洋事务所了。"

"不必客气，我们之间不是一直都很愉快吗？"

维卡斯说着拿起电话，打给另一间屋子，"请你来一下。"不一会儿，Qiao Zhuang 走进来，面带微笑地说道："维卡斯，有什么可以帮你？"

"厉先生准备回中国一段时间，他的 case 现在还是由你负责吗？"

Qiao Zhuang 听后感觉有点奇怪，他不是经常往返吗？怎么今天还跑过来告诉我们？她仍然面带微笑着回答："我安排给了新来的莼，她目前在操作 LIX 的 case，我会负责解答她在操作中遇到的问题，以及对她的工作整体把握。"

"这样很好。我不介意让新人做我的 case。"厉玄马上表明态度。

"好吧。请继续为厉先生提供我们事务所最优质的服务。"

"好，我们会努力做到最好。"Qiao Zhuang 说完后，维卡斯示意她先出去。

维卡斯接着问道："厉先生，我想知道你什么时候动身？"

"下周的今天。"

维卡斯沉默了片刻。

"我知道你们很忙，抱歉打扰你们这么久，我先走了。"

维卡斯见厉玄已起身，忙说："能够为客人服务是我们的荣幸。"

他跟着厉玄走出办公室，嘴里正要说什么，这时 Qiao Zhuang 带着海莼从那间屋子里满面笑容地走出来，对海莼说："莼，厉先生马上要回国，你还有什么事情要对他说吗？"

"暂时没有。"

厉玄一见海莼，便冲她笑起来，对她说："我下周动身，这几天还在。"

Qiao Zhuang 接着问："海伦还在吧，之前你回国时，我们有事通常是联系她。"

"如果有事，趁我走之前尽量联系我。"

Qiao Zhuang 和海莼听后连忙点头答应。

从事务所出来，厉玄又去了富锦超市，拿了两小箱货，超市老板问："这两个箱子有些沉，要我帮你搬过去吗？今天一早那里就排了很多人，都是寄件。"

"我带走。"

"怎么，你又要回国？"

"下周的飞机。"

"回国发财啦!"

厉玄从包里拿出一个信封,扔向收银台。老板连忙跑过去,把信封里的钱数了一遍后收了起来。厉玄又来到收银台跟前,把箱子放下,探着身子,凑近老板对他说:"下周五,会有人送来一百瓶生抽,今年的新货。"

"这么多!货款咱们还按老规矩?"

厉玄点点头。

"那运费这次怎么算?"老板接着问。

"免了。"

老板没说话,看着厉玄。厉玄的头又凑近些,"今年端午节怎么过?"

"照常开门营业,哪里也去不了,不比你自由。"

"有没有粽子吃?"

"哦,没问题。"老板像是一下子明白过来。

"他老母亲想吃粽子。"

"理解。原料我都能准备,他拿走直接包就好。"

"不用太多,就一趟运费的量。"

"好说,好说。"

厉玄回到家里把货箱拆开,一件件往自己的行李箱里面装,装了满满一箱。他盖好盖子后,提起来掂量掂量,有点沉,又称了称重量,超重了,于是又打开箱子重新调整。折腾了一阵子后,感觉饿了,打开冰箱,看到里面还有不少东西,他要在临走前把剩余的东西全吃完。

冷冻室里的一条大鱼勾起了他的回忆,这还是年初和朋友们出海时自己亲自钓上来的。这么大一条自己吃不了,厉玄想了想,给海伦打了电话，邀她来家吃饭。反正没有几天时间了，该说的话迟早要说，该来的迟早要来，就今晚吧。

晚上七点钟，门铃响了，海伦准时出现在厉玄家门口。厉玄还是第一次见她这副装扮，不但光彩，还流露出一丝韵味。头发和脸容易打理，可这韵味化不出来。她平日里一副小职员模样，略带些调皮。今天怎么突然冒出一股成熟女性的味道？厉玄还在发愣的工夫，海伦已经走进了客厅。

"我这几天忙着复习，没有去上班，马上要考试了，争取顺利拿下最后两门。怎么样？一切还好吧。"海伦走进客厅后，向厉玄问候。

"我今天把一切工作都打理了一遍，下周走之前尽量都收尾。"

"什么？你又要走？"海伦走到沙发前刚准备坐下，又站住了。

"下周今天的飞机。"

"回去多久？回程票是哪天？"

厉玄没有回答，而是先请海伦到餐厅就座，海伦随着他走到餐桌前，厉玄主动为海伦拉出一把座椅，请她坐下。海伦坐下后，厉玄又不住地看着她，和自己刚装饰过的餐桌很般配，再有些烛光就更好了。他将已经摆放好的蜡烛轻轻点燃，然后在她的对面坐了下来。长裙和项链、长发和淡妆，勾出她的轮廓，妆出她的韵味，散发到整个屋子，而厉玄的几束烛光又将她的脸烧柔了几分，添了一抹温柔。厉玄看了一会儿，还是把眼睛从她身上移开了，他想了想，对她说："我只订了单程机票。"算是回答了海伦刚才的问题。

"你在和我告别？"

"海伦，和你在一起工作的这段日子令我非常愉快。你做得很好，你完全可以胜任更好的工作。"

"那是我自己的事，你临走时把最后的工资付给我就 OK 了。"

海伦严肃地说道，刚刚被烛光烧柔了的脸立刻坚硬起来。

"大港这边的埃文斯兄弟银行你愿不愿意考虑？"

海伦听后没有说话，厉玄接着说："我虽然没有十足的把握，但我会努力帮助你，只要你愿意。"

"我也感谢你，和你在一起工作的日子令我愉快，可今后怎样是我自己的事。"

"那你能对我讲讲今后的打算吗？"

"对不起，不能，那是我自己的事。"

"也包括情感？"

海伦惊讶了，从认识他那天起，他都一直在回避这个，今天居然主动开口提及。

"海伦，你不太可能离开这里。而我，太有可能离开这里，也太有可能离不开中国那里。"

"生命为什么不会发生奇迹？不寻常的事情为什么不允许它发生？为什么会有那么多人否定？"

厉玄沉默不语，他预感的一幕发生了，海伦的情绪终于爆发出来，冲破了烛光，愈发地上升。

"你也是在为我好吗？你也要帮助我吗？你们都像救世主一样，都在为别人考虑，都要让别人说不出话来。"

厉玄准备打开红酒让海伦品尝一下，可她没有，眼睛一直盯着他，继续说道："你强迫不了我接受你的帮助，你强迫不了我接受你安排我的今后，对于今后我更不会对你说出任何感谢。"

厉玄不想让海伦再说下去，他不愿让一个女孩子毫无保留地暴露在一个男人面前，直至失态。留有一丝话在心底总会好些。厉玄低下头看着那瓶红酒，又准备打开，被海伦制止了。

"我今天不想喝酒。"

"那好，我也不喝了。"厉玄说着把那瓶酒推到一边。

"吃过这顿晚餐后，我还会对你道声谢谢，仅仅是因为你做的晚餐。"海伦说完，拿起刀叉吃了起来。

时间一秒秒地过去，二人一直沉默不语。厉玄唯一能做到的就是尽量让海伦保持从容的姿态，从容地吃完这顿饭，尽管她心里已经如海浪一般地翻滚。

终于把晚餐结束了，海伦郑重地对厉玄说："谢谢你的晚餐。"厉玄低下头轻声道："不客气，今晚与你共进晚餐……我感到……很愉快！"

"我还要对你说，除了共进晚餐，如果今后我能与你生活在婚姻里，我愿意放弃原来的我，忘掉最初的我，去走进你的全部，这会令我感到更加愉快！"

厉玄彻底说不出话来。而海伦似乎胜了一筹，拿起包，从容地走了。

送走海伦，那几乎算不上送别，他只是站在家门口，看着海伦上车，启动车子，然后看着她的车开走，直至消失在夜色中。已经是晚上八点半了，厉玄独自冷静下来，想着刚发生的一切，自己是怎么了？移民到这里，可连一个久居在这里的华人姑娘都接受不了，难道自己真的不适合长期定居在这里？临走前，自己却十分想见海纯一面，这又是怎么了？他想要把她也请到家里来，找个什么理由呢？正想着，厉玄手机响起，是维卡斯！

"Hello！我是 Lyndon。"

"晚上好！我是维卡斯。"

"你好吗？"

"我很好，谢谢！真抱歉，这么晚给你打电话。"

"没关系。有什么事情？"

"Lyndon，我家族在中国的公司负责人一直想去中国北方看看，请问你在回国期间是否可以抽时间陪他，为他当向导？"

"没问题，我十分愿意。"

"那真是好极了！"

"给你一个我的中国手机号码，有事可以直接联系我。"

"好的，我记下了。"

"你什么时候去中国玩？"

"我一直很想去中国。"

"有机会带全家来，我接待你。"

"非常感谢，期待那一天能够尽早到来。"

"另外，关于我的报税，我只想让那个新来的莼做，不要再换别人了。"

"那个女孩？"

"我们来自中国同一个城市。"

"原来是这样！我知道很多中国人都讲究同乡，在大港这里，有不少中国同乡联谊会，如果你们是同乡，就好比从一个家庭里面走出来的亲人。"

"维卡斯对中国人真是了解。"

"我答应你的请求。你对我们的服务还有哪些建议或要求尽管提出来，我们会尽量满足。"

"我在中国会时常查看 E-mail，当然，手机联系也会很方便。"

"你不介意我们事务所把你的中国手机号码也视为客户的联系方式之一？"

"当然可以，我很乐意。"

转天中午，厉玄在办公室吃完汉堡，打开邮箱查看邮件，一封来自亚洲海洋会计师事务所的新邮件，点开一看，上面写道："亲爱的厉玄先生，我是亚洲海洋会计师事务所的海莼，对于 LIX Trading Agent，今后我将作为税务会计专门为其服务。以下是我的联系方式，很高兴为您服务，祝您一起顺利！海莼。"

厉玄拿起手机直接按照手机号拨打过去。

"Hello！我是海莼。"

"你好！我是厉玄。"

"请问有什么可以帮助你？"

"没事，刚看到你的 E-mail，我按照上面留的手机号试着拨打一下。"

海莼一时不知说什么，只是笑了一声。

"吃午饭了吗？"厉玄问道。

"吃过了。"

"晚上有时间吗？"厉玄接着问。

海莼听后感到气愤，但坐在办公室里不好说什么，何况今天一早就被维卡斯要求维系这位客人。

"晚上有时间吗？"厉玄又问了一遍。

"请问有什么事情？"

"晚上一起吃饭怎么样？"

海莼沉默了。

"就在那海边，我等你。"

"好吧。"

"晚上见。"

"晚上见。"

海莼下班后直接走向海边，她穿着白色衬衣，黑色西裤，黑色高跟鞋，匆匆地行走在人群中。扑面而来的人，缝隙里透过来的风，一天接一天，她无暇多思，无暇困惑，也无暇去琢磨厉玄身上的件件 GIVENCHY，一步接一步地走着，终于人群在身后越来越远，眼前出现了那片海，她迎着海风继续向大海方向走去。

厉玄已经站在那里，海莼远远望去，一个男人独自在海边欣赏着落日余晖，夕阳下的他矫健中露出些温情。

厉玄听到脚步声，回过头，正见到一身职业装的海莼向自己走来，虽然也很好看，却不如那身白衣裙与她相衬。

"你好啊！"厉玄笑着向她问候。

海莼感到这笑容中透着得意，顿时又心生反感，应付道："你好！今天下班有些晚，等很久了吗？"

"还好。我准备了晚餐，跟我回去吃。"

"回去？你家里吗？"

"是啊！我都准备好了。"

海莼心里有无数话要说，一两面之交的人为什么请我到家里吃饭？又有什么事情非要到家里？怎么也不考虑我是怎么想的？可一时又无从开口。厉玄毫不犹豫地向前走着，不管海莼是怎么想的。又有谁会考虑谁是怎么想的？每个人好像都不得不跟着人群转来转去。

海莼只得跟在他身后走，不同于在怀特港的史密斯庄园里，跟在波文身后时，新鲜好奇，还有些小小的憧憬。此刻的海莼无奈中保持着警觉。她不了解这人，她也并不了解维卡斯，不了解大港的每一个人。维卡斯嘱咐自己要维系这位客人，她只得听从老板的要求，无法拒绝。海莼心里泛起一阵阵的孤独与陌生，还有些不安。这片海离他的家很近，她跟在他身后走着，伴着日落，她感到每走一步，天色就变得暗一些，一步步地，越来越暗。

海莼眼里的大海一直未消失，隔了层落地玻璃门，依然在。站在厉玄家里，她紧紧靠着这扇门，无意中看到墙角酒柜里的一瓶红酒，瓶子形状与标签和在史密斯庄园里见到的一模一样，庄园里也摆放着许多这样的红酒。

"你移民到这边也好久了，都去过哪些地方？"海莼问厉玄。

"主要在大港，艾州那边也去过，旅游季节时还曾到过东部的几个海滩。"厉玄坐在沙发上一边切水果一边说。

"艾州那里感觉怎么样？"

"上次去艾州是有些业务上的事情，就待了两天。"

"看到落叶奇观了吗？艾州的落叶可是远近闻名。"

"听说了，那不是要到夏季最炎热的时候才有吗？不然怎么叫奇观呢？"

"你是在哪个季节去的艾州？"

"前一阵子，4月初。艾州哪个地方能看到落叶？"

"落叶最多的地方在艾州南部的莫丝。"

"莫丝？"

"是的，莫丝，它有些像帕州这边的奈斯。Mo，Nai，莫，奈，莫奈，莫奈……"海莼自言自语起来。

"我只去了科技园，应该是艾州西部。"

"哦，你去了那里。"

"你是从艾州那个叫什么港来的？"

"怀特港。"

"有印象。从地图上看到过，好像也是靠近南部？"

"算是。"

"那里能见到落叶奇观吗？"

"能见到。你从没去过怀特港？"

"没有。哦，对了，那边是不是有个埃文斯兄弟银行？"

"没错。你听说了？"

"大港这边有个 Branch，就在格林大街。我前几天在教堂认识个朋友，他就是那个银行总部的。"

海莼听后，心里一动，可马上又平静下来，对着酒柜问道："你很喜欢红酒吗？"

"喜欢。"

"喜欢品尝还是收藏？"

"都喜欢。"

"这瓶怎么样？"海莼指着那瓶很像史密斯庄园里的红酒问道。

"那个，不知道。昨天晚上想喝，没喝成。"

"这是要出口给中国吗？"

"那个不是我的货，上次到艾州时一个朋友送的。"

"中国朋友？"

"是，不过他已经入籍了，是这里的公民。"

"哎，要不要尝尝？我打开。"厉玄说着已来到酒柜旁。

"不，不是现在。"海莼忙拒绝，然后躲开了厉玄，换到玻璃门的另一侧。

海莼觉得自己已经最大限度地配合他们，自己已经按照他们的要求做了，应邀来到厉玄的家里，那么此刻站在哪里，坐在哪里，该由自己决定，自己想要在哪里就该在哪里，不会再进一步地听从他安排。

"你从吃完饭就一直站着，过来吃水果。"厉玄边说边走回到沙发前坐了下来。

海莼还站在原地一动不动。

"我下周回国，跟我一起走吧。"

"你……"海莼觉得他太过分了，如果自己再继续迁就，他会更加得寸进尺，于是说："作为亚洲海洋会计师事务所的工作人员，我想问，你作为我们的客户，为什么提出这个要求？"

"客户？工作人员？你这个工作人员怎么跑我家里来了？"

"是你邀请我来的。"

"我一个客户倒请你工作人员吃饭？好像该是你们上赶着请我吧。"

"我明天可以和维卡斯讲，让他请你吃饭。你还有什么要求，提出来，让他满足你。"

"那我就继续和他讲，让你天天陪我吃饭。"

"你到底想干什么？没事的话，我要先回去了。"海莼说着要往外走，又站住了，说道："你还没有说清楚为什么？我刚才问你为什么？"

"那你还作为工作人员问我吗？"

"当然，我就是事务所的工作人员。"

"那你怎么跑到我家里来了？"

"是你邀请我来的。"

"我一个客户倒……"

"那你觉得我是谁？"海莼打断了他的话。

"能被邀请到自己家吃饭的人，你觉得会是谁？"

"会是谁呀？"海莼反问道。

厉玄不说话了，站起来，绕到沙发后，双腿靠住沙发背，变得严肃认真起来，对着海莼说："我该结婚了，我想找个人结婚，你愿不愿意考虑和我……"

"不愿意，我不愿意。你就问这个事？怎么不早说？何必费这么大劲儿？"海莼故作镇定，可心里快挺不住了，她一刻也不想再待下去。

"那好，走，我送你回家。"

海莼当然坚持自己走回家。看来事务所不会长久待下去了，要另做打算。夜晚的海边没有熙攘的人群，风毫无阻挡地吹来，海莼快步往回走，生怕被这生疏的夜风吹出自己的心情。

又是一个午饭时间，维卡斯匆匆吃过快餐后从外面回来，刚一走进办公室，手机响了，

"Hello！我是维卡斯。"

"Hello！你好！我是 Lyndon。"

"下午好！我的朋友，请问有什么可以帮你？"

"我搞到了一些有关我家乡的宣传手册以及相关资料，都是英文版的，由当地招商办公室制作而成，有没有兴趣阅读？"

"当然。"

"好的，我一会儿发到你的邮箱中。"

"非常感谢！"

"维卡斯，我也要感谢你，你们事务所的那个莼主动联系了我，并表示很高兴为我服务，我对她非常满意。"

"哦，是吗？她做得不错。"

"我还有位中国朋友，在这边经营货物配送生意，基于亚洲海洋以往的良好服务，我打算把他也介绍给你。"

"哦，好的。"

"我想帮他和你预约个时间，当面和你聊聊他的详细情况。"

"没问题，让我看看这周的时间表，周五怎么样？"

"几点钟？"

"周五全天我都在办公室，随时欢迎他。"

"好的，我会转告他。"

"如果这客人的经营模式和你差不多，我考虑也安排莼服务于他。"

"不错，好主意。莼的服务非常好，祝她尽早也能荣升为会计助理，就像 Qiao Zhuang 一样。哦，不，她怎么能够 Qiao Zhuang？不，不，她不可能 Qiao Zhuang，再见！"

厉玄冒出一连串的话后立即停住了，维卡斯感到措手不及又似懂非懂，只得随着说一声："再见！"

周一早上，Qiao Zhuang 来到办公室，做了将近一夜的直播，感觉好困！她放下包便去沏了杯浓咖啡。近几个月以来，她一直在网上推销化妆品，并给自己设定了目标：上半年打赏突破六万，粉丝量单日新增100%，这样就可以成为平台签约主播。从早晨起床到现在，脑袋始终在发昏，为应付一天的工作，她不得不借助咖啡提神，本就睁不开的双眼此时眯缝得更细了。不同于兆小促的眼睛，可以睁圆，可以眯长，白天在办公室忽闪着光，夜晚在餐馆眼皮就半遮住眼球，Qiao Zhuang 不管笑与不笑，双眼永远眯着，见不到多少眼珠。

九点整，她打开电脑，继续进行着上周没有完成的 case。半个小时过去了，事务所里依然静悄悄的，她走出去向另外那间屋子看去，一个人没有，今天怎么回事？她回到电脑前继续工作。

一整天都是 Qiao Zhuang 一个人，她已经坚持不住了，脑袋又晕又疼。正准备下班，外面的门响了，只见维卡斯一人走进来。Qiao Zhuang 笑着开起玩笑："Hi，你好！来上班吗？"

"天啊，真是糟糕的一天！"

"怎么了？"

"今天这个客户真麻烦。他令我不再爱这个世界了！"

"不爱大威尔士港啦？" Qiao Zhuang 笑眯眯地继续问，"你亲爱的妻子旅行回来了吗？"

"还没有。"

"你要继续爱下去。"

"嘿，你在说什么？你的 case 进展得怎样了？"

"还好。"

"我要一个确切的答复。"

"今天一整天只有我自己在做，所以还没有全部完成。莼今天没有来，你知道吗？"

"忘了告诉你，她今后不来了。"维卡斯说完便走进自己的办公室。

"什么？真的？"Qiao Zhuang 追了进去。

"是真的。"维卡斯说。

"她找到新工作了？"

"我不清楚。"

"维卡斯，那我是否还要重新分配一下 case ？"

"和从前一样，但是厉先生和他朋友张先生的 case 由你亲自做。"

"好的。"Qiao Zhuang 说完并没有离开办公室，想了想，继续问，"维卡斯，我在亚洲海洋的工作表现怎么样？"

"你表现得很好。"

"所以你让我继续做莼留下来的 case ？"

"这个……"

"你是不是觉得她的表现没有我好？"

"好吧，随便你怎么想。"

"case 本来就是我做的，只不过分给了她，现在我可以继续把它们做好。"

"和从前一样。"

第七章

盯贷款

厉玄在大威尔士港的事情基本告一段落，可是个人感情生活还是没有新进展，回家面对父母时又要无话可说了。关于情感，厉玄到目前为止真可以算是体验过多样的滋味，一见钟情、两厢情愿、遭遇变故、顺其自然、一厢情愿又操之过急。不过，此刻他对待感情的心还是平静的，更多的是内心的那股不甘在涌动，他回国还要继续忙活。他觉得如果直接投资艾州科技园内的项目，总归是会成就这边的产业。他心里想通过新型技术提升中国制造，就像 AA 鞋业那样的企业。

厉玄乘坐的飞机又一次降落在这个北方港口城市国际机场。已经接近傍晚，厉玄从传送带取出行李就大步向外走，通过行李检测后，来到大厅里，大厅里人并不算多，他拿出手机，找了个没人的地方，拨通了一个朋友的电话。

"喂！"

"猴子，干吗呢？"

"睡觉呢。"

"睡的是午觉还是晚觉？"

"呀！天都快黑了。你在国内呢？"

"刚从机场出来，我想去找你。"

"我在爸妈家里，没住机场那边。"

"哦，那我打车回家吧，咱们改天见。"

"你这次在国内待多久？还等你一块儿去草原呢。"

"行，不过先给我来点儿干货。"

"有啊！核桃、红枣、杏干，我白天刚吃了好多。"

"你小心吃成峨眉山的猴子。"

"差不多。我肥头大耳，现在眼睛上还长了毛。"

"什么？"

"我看呗。"

"猴子，这次一定跟你去草原。能来点干货吗？"

"草原上要是有只羊撞我眼睛上了，你说怎么办？"

"怎么办？"

"我看着呗。"

"什么情况？"

"上头杀了只鸡。我现在束手无策。"

"你接着睡吧，不打扰了。"

厉玄挂了电话，继续朝出租车等待区方向走去。想想自己已离开金融行业多年，行业千变万化，竞争与日俱增，之前认识的又一直保持联系的人不多，这些人里长期稳坐一个位置，长期服务于一个东家的人寥寥无几，不论是外资还是中资机构。关于贷款，厉玄还得像个新人一样摸爬。

回到家后，他顾不上疲惫，又拨通了一个电话。

"喂！"

"喂！余教授，您好！我是厉玄。"

"是你啊！你好！回国了？最近怎么样啊？"

"老样子。"

"前几天见着你母亲了，她为你个人的事都愁死了，还拜托我帮你物色。"

"我妈真是有病乱投医，怎么又找到您那里去了？"

"话不能这么说，儿行千里母担忧。我们之前住过邻居，不见外。"

"余教授，这事回头再聊。我想向您打听个人，您之前是不是有个学生叫金江南？"

"金江南调走了。"

"是这样啊！我就是想找人打听贷款方面的事情。听说他一直在信贷部门。"

"这周日我们学校有个金融行业人才与师生交流会。校方牵头搞的，主要是为学生多联络些行业里的资源，以便交流。"

"嗯。"厉玄听后没太重视。

"不要小看这次活动，虽然是在学校，但是请了好多行业内分量重的人，你可以来看看。"

"好的，具体信息有没有？"

"周日上午十点直接来金融学院二楼阶梯教室，其他的都不用管。"

"谢谢余教授。"

"不客气。"

在周日来临前的几天时间里，厉玄明确了一件事：本地的霖瀊银行因前段时间被监管局调查出贷款过多地输出给房地产领域，导致许多中小微企业得不到贷款，而房地产领域贷款过剩，比例严重失调。霖瀊银行看来就是猴子口中那只被杀的"鸡"。参加交流会的前一天，也就是周六，厉玄亲自去了一趟霖瀊银行。

九点刚过，厉玄已经走进了分行一楼营业厅，大厅里既凉快又安静，大堂经理见到有客人进来，连忙走到厉玄面前，"欢迎光临！

请问您办理什么业务？"

"理财产品有什么款？"

大堂经理是位年轻的小伙子，一听到"理财"二字，压低了声音问道："我们银行客户经理介绍您过来的？"

"没有，我自己来的，就是想咨询一下。"

小伙子听后从桌子上拿过来一个平板电脑，滑动着屏幕为厉玄介绍起来。

"好，你先忙，我自己看看。"

小伙子把平板递给厉玄后，走开了。

霖瀡银行这崭新的营业厅装修应该不超过三年，这大概也是它开业的年头，银行里的工作人员无论在柜台还是大堂，看上去都非常年轻，几乎全是二十来岁的孩子。

不一会儿，陆续有客人进来，每位客人身边都陪着一个穿工服的员工，说话时一口一个"我们行"，看着都像银行内的客户经理。他们在大厅的桌子和窗口之间来回蹿动，将近一小时，客户们办理完业务后，陆陆续续地被送走了，营业厅恢复了刚开门时的安静。一个刚送走客户的小伙子，一直站在大门口左右张望着，像是还在等什么人。他看了看时间，转身走回大厅，瞥见了坐在沙发上的厉玄。他上下打量了一番，又向前挪了几步凑近大堂经理小声问道：

"这位是……"

"九点一过就来了，说要咨询理财产品。"

"等人吗？"

"他说是自己来的，没有客户经理。"

小伙子一听，朝厉玄走了过去，"先生您好！过来看看理财？"

厉玄朝他点头微笑。

"目前在我行购买非保本理财可获得一次指定 4S 店免费汽车美

容服务。"

"是吗？给我介绍介绍。"

"好啊！"小伙子坐下来积极地和厉玄说着。

这时，一个手提工具箱，身穿一套深蓝色防水服的男人走进大厅，对着大堂经理说："通畅维修公司来通下水道。"

"您来啦！往里走。"一位不到三十岁模样的男人从大厅的一角快步走出来，跟着修理工去洗手间。

大堂经理喊了声："刘主任。"然后向厉玄这边看了看。坐在厉玄旁边的小伙子顾不上抬头，依然兴奋地说着产品。

"你介绍的这款产品卖到什么时候？"厉玄问道。

"下周五是最后一天。"

"时间有点紧。"

"其实 A3 这款产品也很好。本金比那款低，截止到下个月底。"

"可我觉得它不如上一款合适。"

"没错。本金充足的话，当然还是那款回报率高。"

"你有名片吗？"

"瞧我，光顾跟您说产品了，忘了自我介绍，我姓郭，名片在楼上，我这就去拿。"

"正好我也要上趟洗手间。你们这里……"

"一楼的洗手间正修着，走吧，我带您上二楼。"

"好，谢谢！"

厉玄跟着他向角落里走去，沿着那个刘主任出来的方向上了二楼。小郭为厉玄指明洗手间的位置后，走进办公区，看到自己的办公桌上放着一沓新名片，他又向其他同事办公桌上看看，各自桌上都有一沓，自言自语道："这么快就发下来了。"他拿起名片仔细端详，发现名片左上方印有一行字："树形象 求突破"。

厉玄从洗手间出来，来到办公区门口。小郭见他出来了，拿起一张名片走出来。

"先生，这是我的名片，银行刚刚为我们新制作的。"

"你们这银行真是全'新'全意。"

"嘿嘿！"小郭笑了，接着说："我们的服务一点不比其他银行差，这点请您放心。"

厉玄看着手中的名片，上面写的职务是行政助理，开玩笑道："你怎么还'三心二意'？"

"嘿嘿！"小郭又笑了，"我们行就这样。今天一早我就带来两位客户，都是新开户存大额。下午，还有位客户要来购买理财产品，我这一整天估计能进三百万。"

"谢啦！别耽误你维修。"厉玄转身要走，小郭急忙追出来，一步蹿到厉玄面前，"先生，我们银行这几款理财产品真的很合适，您不要错过啊！"

"什么好产品能让我错过？"

"先生，假如您愿意在我行开户存钱的话，我行会根据您的存款数额提前预约到最适合您的一款理财又不限于理财的金融产品。"

"听着挺不错。"厉玄说着走向楼梯准备下楼。

"五百个一大关。"小郭又在他身后喊了一句。

"有事联系你。"

"好的，没问题。有任何需要，请您按照名片上的电话联系我，二十四小时随时为您服务。"

厉玄从银行走出来时，崭新空旷的一楼大厅里仍然静悄悄的，没见到任何一个散户。他感到这银行的确太新，规模也不大，小船早晚会撞大船。他又琢磨起这银行的标语，"树形象"，看来之前是遇到麻烦毁了形象，就像刚被查贷款这事。"求突破"，到底又有什么含义呢?

周日一早，厉玄来到学校，直奔了阶梯教室，他是第一个到达的人，比学生来得早。教室门开着，里面一位老师见到有人来，出门迎接，"您好! 来参加交流会?"

"是。"

"请出示下您的邀请函。"

"是余秉承教授介绍我来的，我姓厉。"

老师从电脑的花名册中寻找着姓厉的名字，厉玄也跟着找起来，"是这个，厉玄。"老师在名字后做好标记后请厉玄入座。

参会人员陆续到来，厉玄一个一个地观察着他们，越接近十点进场的人，越像是所谓的分量人物，他们步伐稳健，有板有眼。突然，厉玄注意到在这其中夹着一位年轻一些的男人，一身西装，头发抹得比别人光亮，个子不高，身材极其瘦，有点皮包骨，皮肤又白又细，脸庞不大，也是瘦瘦的，颧骨明显。他的风格与那些人并不同，步伐快且轻，一边看着手机，一边出示给老师邀请函。等确认完毕后，快步走上台阶，找了个靠边的座位坐下来继续看着手机，手指不停地点着手机屏幕。这个又瘦又小的人坐在一间四四方方的宽敞教室内，看上去比例严重失调，厉玄不由得想到了霖瀹银行那个宽敞的营业大厅和里面单薄的员工们。难道他就是……

会议进行了一多半，前面一系列发言的人讲完后就离开了，厉玄看到此时的教室里除了学生以外，好像就剩下自己，还有坐在边上的那个男人。这时，老师向大家介绍最后一位："最后，我们邀请霖瀹银行的行长岑晓先生上台发言。"学生们鼓起了掌。老师接着说："霖瀹银行是我们当地的银行，作为分行行长，岑晓先生曾经为我校的教学工作提供过诸多案例，我校金融学院也为其输送了许多人才。让我们再次以热烈的掌声欢迎岑晓行长为我们做演讲。"正如厉玄所料，他就是那里的行长。

岑晓面对学生们讲了半个多小时，和之前离开的那些人讲得大同小异，主要是银行工作概况，倾向于什么样子的人才，等等。临近结束时他忽然转到了霖瀛银行目前贷款结构的问题，如实地说出了被查一事，并表明银行目前的工作重心是积极调整贷款结构。最后他强调说："霖瀛银行海纳百川，对人才需求包罗万象，我们在不断地挖掘各类适合我行，并对我行今后的发展做出贡献的各路人才。同时也欢迎大家随时光临我行，线上线下会一直为大家开通。谢谢！"

交流会结束了，随着岑晓的离开，厉玄也紧跟着追出了教室，"岑行长！"岑晓回头看了厉玄一眼。"你好！我姓厉，刚刚在教室听了您的发言，对霖瀛银行很感兴趣。"

"谢谢！"

"请问您现在有时间吗？我想就贷款一事和您聊聊。"

"咱们去停车场。"

"好的。"

二人走到停车场，厉玄见周围没什么人，继续说道："岑行长，是这样，听了您的发言，我感到霖瀛银行对贷款结构调整这项工作十分重视。请问贵行对实体经济特别是中小企业的放贷方面有什么好的政策？"

"不瞒你说，我行目前正在寻找这方面合适的业务。"

"岑行长，这是我的名片。我有个朋友是经营鞋业的，目前生产的产品一部分在国内销售，还有部分产品出口。但他们的发展目前遇到了瓶颈，技术陈旧，产品更新换代缓慢，没有足够资金搞技术研发，这样下去担心跟不上市场发展速度。”

“企业不在本市？”

“不在。”

“规模怎样？”

“可以算作是中型。”

“这是我的名片。”岑晓接过对方的名片后也回了一张，“我们需要企业更加详细的信息，如果方便，发到我的邮箱里。”

“没问题。”

“不好意思，我下午还有工作，先走了，再联系。”

“好，不打扰您了，我们再联系，谢谢岑行长！”

厉玄和岑晓见过后感到名片上的“求突破”并非虚谈，岑晓当务之急就是要树形象，其看上去是个灵活不僵化，既有看法又有办法的人。厉玄看中了霖灖银行，它小，船小好掉头；它比例失调，还有很大调整的空间。

厉玄在后面看清楚了岑晓的车牌号，启动了自己的车，跟了出去。从离停车场最近的校门出去后只有两条路，一条通往高速，一条通往市区。岑晓应该不会去高速，很有可能在通往市区的路上。厉玄行驶在慢车道上，扫了几眼，没有见到岑晓的车，于是又变到快车道，依然没见到岑晓的车。如果是通往霖灖银行，要到前面红绿灯路口右拐，于是他又变回了慢车道，接近路口时，右拐的车挺多，他排在后面也准备着右拐。忽然有一辆拐上右前方大路的车映入视线，虽然看不清车牌号，但厉玄判断就是岑晓的那辆车。他坚定地认为他是去霖灖银行。厉玄一路盯着前方的车辆，终于在快接近霖灖银行分行营业厅时，看到了那辆车正缓缓地开进营业厅前的停车位。车子停好后，岑晓从里边下来，向营业厅走去。正看着，后面传来嘀嘀两声，催他快走，厉玄连忙加速向前开，将车开进了银行另一侧的商城门前。

"您好！请问是进商城吗？"

"停车怎么收费？"

"二十分钟内免费，超过二十分钟，按八元一小时计费。"

"我就停二十分钟。"

厉玄拿出瓶矿泉水，喝了几口，一面盯着银行前岑晓的车，一面寻找着附近是否有免费停车的空当。他感觉如果岑晓二十分钟之内不出来，那么他很有可能会一直在里面工作一天。

接近二十分钟了，岑晓的车一直未动，厉玄的肚子也饿了，他将车从商城停车场开走，幸好看到路边有两幢老式住宅楼，于是又将车开进了楼群，停好后，带着手机和平板电脑走回商城里的一家麦当劳。正值午餐时间，麦当劳里的人很多，厉玄端着托盘好容易找了个地方坐下来，边吃边用平板电脑上网打开邮箱，AA 鞋业的资料果然第一时间发来了，厉玄认真看了看资料，非常详细，还很标准，真像是在跟银行做贷款申请。厉玄犹豫了一下，拨通了电话。

"你这资料够详细的。"

"心切！"

"这么多细节，不在乎让我见到吗？"

"拜托！你之前是不是在银行做过？这些资料银行保准需要。"

"行，既然你都不在乎，那我更没什么好在乎的。"厉玄吃了口汉堡又喝了口咖啡，接着问："你还有什么要求？"

"我在这边也不熟悉你那里的情况，就是想尽量多拿到些贷款，利息好说，总比我这里搞到的要好，毕竟是银行。"

"我明白。还有，艾州科技园的投资洽谈会你们准备得怎么样了？"

"正在准备。"

"签证申请盯紧点儿，别因为这个耽误行程。不管怎样，我个人觉得到那里还是能收获很多信息的。"

"知道，我们一定会去参加。"

厉玄挂了电话，随后将 AA 鞋业的资料发给了岑晓。

整个下午，厉玄都在商城里打发时间。快到晚上五点半了，厉玄走出商城，来到霖瀹银行营业厅门前，岑晓的车还在，一辆接款车停在了门口，确实要下班了。厉玄抬头看看楼上，看不出什么。等到接款车开走后，保安关好大门，也准备换衣服下班。厉玄靠近岑晓的车，仔细地看了看，车子很新，和霖瀹银行一样新，风挡玻璃上面挂着一串铜钱装饰。

厉玄又走回到商城里面吃晚餐，再次回到银行前，已经是晚上八点半了，岑晓的车居然还在。厉玄抬头看看楼上，又绕到楼后面，终于见到一个玻璃窗里亮着。难道岑晓还在里面工作？厉玄感觉那灯没有要熄灭的迹象。他回到小区，看到自己的车还停在那里，安然无恙。他于是钻进车里歇着。

已经凌晨三点了。他打了个哈欠，走下车，又一次地朝霖瀹银行走去，岑晓的车居然还在，孤零零地停在那里。厉玄有些撑不住了，再这样下去，怕是自己开不了车回家，万一半路让警察查出个疲劳驾驶可不得了。这条小船还真不好上，自己要是上去了，是不是立刻也变得比例失调，连夜开，觉都睡不了。他一边想一边绕到楼后面，已经变成一片黑了。厉玄立刻掉头跑回到楼前面，站在岑晓的车旁一动不动地紧盯着楼的左右两侧。又转念一想，跑回来干什么？要是真有人下来，也应该从楼的后门走出来。前面营业厅的大门紧锁，不会有人从里面出来。他正想着要不要再到后门看看，这时，只见一个人影从楼的一侧出来，正是岑晓！他看了看表，凌晨三点半。

岑晓正向他的车一步步走来，厉玄没有回避，站在那里，岑晓走近一看，惊讶地说道："是你！"

"岑行长，没想到您这么晚下班，我还说等您下班后约您吃饭。"

岑晓看着厉玄疲惫的双眼，点开手机，滑了几下，"后天上午十点来我办公室，可以吗？"

"没问题。岑行长，我白天提到的那个工厂，相关资料已经发给您了。"

"我看到了。"

"您已经看过了，太好了！那我后天来找您，咱们再细细聊。"

"走，我送你。"

"哦，不了，我自己开车回去。"

"车子呢？"岑晓向四周看看。

"我停在了马路那侧的小区里。"

"看你眼睛很红，夜里就别开了。"岑晓从包里拿出一张卡，递给厉玄，"拿着这个，随时可以出入这个小停车场。你回去把车开过来，就停在我这个车位。"

"哎，岑行长，不用这么麻烦。"

"放心，我会安全地把你送回去，倒是小区那边不如这里安全。我明天不来银行，你的车可以停一天。"

"太谢谢您了！"厉玄说完，朝小区跑去。

厉玄将车开回来时，岑晓已经把自己的车开出来停在出口等待。厉玄迅速开进去，把车停好在岑晓的车位上，然后拿好自己的东西下来，锁好车，又快步跑过来上了岑晓的车。

"怎么走？"

"港东大道，我住在那里。"

岑晓听后左拐，向市中心远处宽阔的大路驶去。

"岑行长工作蛮辛苦的，每天都这样吗？"

"今天下班早，我精神抖擞，如果凌晨五点半下班，未必能送你。"

"当行长真不容易。"

"没有你活得轻松。"

"我原来也在银行，和部力、童达他们都做过同事。你认识他们吗？"

"人家是证券业的，不很熟。不过他们的压力也不小。"

"我听说了，都不容易。"

"是他们介绍你去参加交流会的？"

"哦，不是，金融学院的一位教授介绍的。白天听了岑行长的发言，我觉得贵行比较适合我朋友公司的这类企业，所以就冒昧前来了。公司当前遇到的最大难题就是技术更新，从银行贷不出钱，只能自己想辙，偿还利息的压力就大了。"

岑晓一直听着，却沉默不语。

"岑行长，您还需要我做什么尽管说。"

"不需要，该我们银行做了。"

厉玄没说话。

"按照流程，企业首先要提交正式申请，然后，银行需要层层审批，这样才说得过去。"

厉玄点头应着。

车子开到港东大道的怡园门口停下了，厉玄刚要下车，岑晓对他说："后天上午咱们按流程办。"

"好的。"

转天，厉玄睡醒后，已经是中午十一点了，他起来吃了点东西，下午两点从家出来，坐公交到霖瀹银行去取车。

　　霖瀚银行今天来上班的员工都等着看行长车位上那辆车子的主人。平时岑晓的车要是不在，地锁就会被锁起来，没有车能够停上去。今天为何停着另外一辆车？不会是行长换车了吧。疑问与猜测一时间布满整个银行。

　　行政助理小郭从银行后门员工通道走到前方营业厅，看到大堂经理，就是上周六上班那个小伙子，直奔他去了。

　　"看什么呢？"

　　大堂经理吓一跳，回头一看，"郭哥！"

　　"往那儿看。"

　　大堂经理顺着小郭手指的方向看去，正见厉玄开车门。

　　"这不是周六那天……"

　　"就是他！"

　　"原来是他的车！"

　　"我刚才从外边回来，正见他站那儿。这会儿，开车门上去了。"

　　"妈呀！他肯定和岑行认识。"

　　"看着关系还不一般。"

　　"郭哥，我那天没说什么不妥的话吧。"

　　"你小子净给我找麻烦。"

　　"嘿，是你自己眼红，见着个人就往上扑。"

　　"我那天不是看你一个人上班，怕你忙不过来，为你分担工作。"

　　"分担个头，你狗拿耗子。"

　　"哥那天还领他上楼，给了他张名片，让人家一看，敢情在银行就是个负责修厕所的。"

　　大堂经理躲在花盆后咯咯咯地笑起来。

　　厉玄从霖瀚银行开车回到家已经下午五点了，他直接来到同住一小区的父母家吃晚饭。晚上，看过《新闻联播》后正在等待《天气预报》节目，他的手机响了，是岑晓！

"喂！"

"是我，岑晓。"

"您好，岑行长。"

"晚上有空吗？"

"有。怎么？有事？"

"我大约八点钟左右会到你家门口，你来我车里。"

"好的。"

"等我电话，一会儿见。"

"一会儿见。"

岑晓说完就挂了电话。厉玄赶忙回自己家，整理了一下衣服还有头发，找出昨天岑晓给他的那张出入卡，拿着手机下了楼，又从自己的车里取出小区出入卡，然后走出大门外。

八点一过，只见岑晓的车从外面缓缓开来，正在小区门口溜达着的厉玄连忙跑过去，刷卡给他开门，并示意他往里面开，自己跟在车后面。车子开到小区的一块空地上，停住了，岑晓打开车窗，问："这里可以吗？"

"可以停车的。"厉玄说着便上了副驾驶座位。他首先拿出卡，对岑晓说："岑行长，把卡还给您。"

"这个就留给你用，今后开车去我们银行直接刷卡进，不过停车位有些紧张，不好固定。"

"太谢谢岑行长啦！"厉玄把卡收起来，"在车里说话方便吗？要是不行可以去我家，把车往里边开……"

"这里挺方便，我就和你说说贷款的事。"

"好啊！"

岑晓将车熄灭，关好所有车窗，然后轻声说起来："外界都知道，最近我们行在发放贷款方面被调查出了问题，正在整改。总行收回了所有分行的贷款业务，现在申请获批贷款的流程更为严格，一切申请都要由总行亲自审批。"

"我理解。"

"明天上午十点钟你去分行找信贷部王经理，我已经帮你和他预约过了。"

"我需要准备什么？"

"一切听王经理的，他会告诉你怎样做申请。"

"我们还想了解一下霖瀞银行有关中小微企业的贷款利率。"

"不同项目会有其各自对应的利率，但都是参照央行基准利率，略有上浮。"

厉玄觉得岑晓一直都在拿着腔调，和周日那天交流会上那些发言的人们没什么两样。但是，他和他们其实不一样，有独特之处，需要继续挖掘。

厉玄接着问："总行的流程我们会遵守。那么您作为分行负责人，对于我朋友这家企业还有没有更好的建议？"

岑晓听后，全身放松了下来，从包里拿出一颗药丸，打开后，咬了一口在嘴里嚼着，边嚼边说："很明显，一笔贷款远远不够支持企业搞技术研发。我的建议是多做出几笔贷款，最终全部输送给 AA 鞋业一家。"

"听起来是这样。您能说得具体些吗？"

"AA 可以试着以不同名称申请贷款，比如：

"一、AA 先在本地新建立分支，它既从事高新技术研发又服务于实体经济，作为小型企业去申请。

"二、被注册在我们当地的中型企业收购，作为中型企业去申请。当然，被收购后 AA 这个品牌仍然可以保留，独立经营，与收购它的企业保持平行状态。

"三、AA 老板的家人独立在本地注册一家微型企业，作为微型企业去申请。"

岑晓那颗药丸吃完了，他的建议也说完了。厉玄听了他的话，感觉震惊，这样子啊！是个大工程，要多久才能实施完成？这可行吗？

岑晓拿出水杯喝着水，一向敏捷迅速的他此时却是慢悠悠的。厉玄也随着慢下来，这么大工程怎么急得起来？

厉玄语速也慢下来，对岑晓说："这个我要和 AA 那边商量。他们其实一直有民间借贷，还有委托融资公司为其注入资本，图个快。"

岑晓听后面露不悦，说道："国家没有忽视中小微企业，出台了不少政策积极扶植，成效显著。"

厉玄看了看岑晓的脸，他不高兴了吗？那股腔调怎么又来了？厉玄又进一步地试问："如果完全按照您刚才所说的去实施，成本会明显升高，也许还会有额外支出，这笔开销对于一个鞋厂来说恐怕太多了。"

岑晓听后说道："我们这小银行一直没有交通和餐补，谈业务产生的费用都要自己承担，我也一样。当然，可以申请报销，尽量申请吧。"

厉玄没有继续说话。岑晓又紧接着说："我刚才说了些建议，同时，我还有个设想。"

"什么？"

"如果成功，AA 的货拿过来，从我们当地港口出口。"

天啊！更是遥不可及！

岑晓走后，厉玄回到家坐在沙发上想着刚才的事情，没把握，没把握，还是没把握。要申请这里霖澔银行的贷款，岑晓提出的条件 AA 鞋业未必能接受，是一定不能接受，从成本方面看根本行不通，而且也看不出能够长远获利的迹象。要是选择民间借贷之类的，AA 鞋业这些年一直使用这方法周转资金，人家比自己娴熟，资源也多。再说，自己不就是想突破民间借贷才去尝试银行的中小微企业贷款项目，从而降低 AA 鞋业偿还利息的压力。厉玄的脸上浮现出了一汪稚嫩。不管怎样，还是要把情况转告，他拨通了电话。

"喂！"

"说话方便吗？"

"可以，讲吧。"

"其实我这几天刚回国就开始联系贷款的事，今天得到了我们当地一家银行的回复。"

"哦，是吗？"

"情况是这样的，按流程向总行申请贷款，等待审批结果。具体情况明天我和分行信贷部的经理见过面后才清楚。"

"嗯。"

"另外，从分行的角度，他们还就 AA 鞋业的自身情况提出些建议。呵呵，就是感觉有点儿像花招。"

"说来听听。"

"银行利率比民间要低，可是贷出的钱不多。你本身可以获得一部分贷款，然后在我们当地找个家族，给一家之长当儿子，认他做爹，你爹获得的贷款就是你的贷款。注意一点，这爹的身材不能大，也不能小，能显出你小就行。最后，让你亲儿子来我们这里，你儿子获得的贷款就是你的贷款。或者在我们当地找个儿子，让他认你做爹，给他钱就等于给你钱，只要你放心。还有，你们出口的货拿过来一些分给我们当地港口。"厉玄想了想，又补充了一句："这可不是我说的，我一直都在转达银行行长的意思。"

厉玄半调侃地说出了情况，心里根本没把握，也不抱太大希望。

"你能告诉我是哪家银行吗？"

"是我们当地的一家银行，全国的分支机构不太多，你那里目前还没有。"

"叫什么名字？"

"霖瀚银行。"

第八章

找"爹"

终于，在霖瀗银行信贷部王经理的协助下，AA 鞋业成功向总行递交了贷款申请，因为是岑行长介绍的客户，行里通融了一下，企业法人代表不用亲自到银行，只需在相关文件上面签字后，邮寄给银行就可以。

贷款这事先告一段落了，厉玄又继续着自己的进出口业务。他在国内注册的私人贸易公司名字叫做利克斯。一天，他正坐在办公室里，手机响了，是一个陌生号码。

"喂！"

"你好！我是阿尼尔，请问是厉玄先生吗？"

"是的，我是 Lyndon，你好！"

"维卡斯让我联系你。"

这便是大港维卡斯所说的他家族在南方公司的负责人。厉玄得知他下周要飞过来考察市场，还想约厉玄见面。厉玄满口答应了下来。

繁忙的日子降临到都市里来去匆匆的人群身上时，带给了他们压在背上的沉重，飞驰而过的爽快，风吹耳畔的阵阵呼啸，如发丝般凌乱无序，如骤雨般倾盆而落，然而，却为厉玄这样的人掩盖了内心情感的空白，使他暂时停滞了自己的情感历程。

周五一早，厉玄就来到阿尼尔住的酒店，走进大厅，正看到阿尼尔坐在那里等候，胸前挂着一个手机。

"Hello！早上好！"厉玄忙走过去打招呼。

"早！"

"这么准时。一切都准备好了？"

"好了。这么好的天气，我一定要多拍些照片。"

"走。"

阿尼尔原先一直待在中国南方，这是他第一次来北方。厉玄这几天一直陪他考察市场，为他介绍自己的家乡。今日的活动便是乘坐观光游轮。

阿尼尔一上游轮就一直靠边站着拍摄风景，看样子已经被吸引。二人乘坐的是今晨第一班游轮，船舱里的游客并不多，许多座位都空着，厉玄找了个空位坐下来。正前方站着一位面带微笑的姑娘，她面向乘客，戴上麦克，开始为乘客介绍起城市风貌及历史故事。姑娘声音甜美，身材匀称。厉玄之前乘坐过一次游轮，不过那时好像没有真人现场讲解，只有广播。今天这是怎么了？难道船上有外宾？

厉玄正想着，这时，从身后冒出来一位大鼻子的外国老头，个子高高的，头发金黄，戴着墨镜，身穿T恤衫和短裤。他走到厉玄身旁的座位坐了下来。姑娘刚好讲到精彩处，抬手一指河岸边的一座楼，老头也随着姑娘的手势望了过去，姑娘声情并茂地讲着那座楼的来历，老头也听得津津有味。厉玄仔细一看，原来老头的耳朵上戴着耳麦，里面的声音一定是配套英文讲解。老头为什么坐到这里？难道是为了更清楚地看那漂亮姑娘？厉玄瞎琢磨着。

老头在厉玄身边坐了一会儿，忽然起身朝斜前方阳光充足的座位走去，坐下后，厉玄见到他金黄的头发顿时变得更加闪亮。不一会儿，老头又向前挪了一次，一直在追着太阳，金黄头发也一直在船舱里闪着光。阳光此时照遍他的全身，他悠闲地坐在船舱里，很是享受。十五分钟过后，姑娘已经讲解完毕。金发老头又站了起来，走到右前方甲板上倚着栏杆大方地晒起了太阳。

已经接近夏季，太阳越发强烈地照过来，厉玄不一会儿就浑身是汗，嘴巴也有些干。他走到饮品区，问服务生："今天怎么有人现场讲解，我之前坐游轮时从没见过。"

"有家酒店包下了今天这班船，我们安排了讲解员为客人现场讲解。"

"那我可是沾光了。"

"他们实际来登船的客人数量减少了，所以我们又对外卖出一些票。"

厉玄听后，仍然点了一杯香浓的热咖啡，然后端着它向甲板走去，一步一步地接近那位晒太阳的外国老头。甲板一侧摆放着几张轻巧的小圆桌，每个圆桌前都有两把小椅子，厉玄来到离老头最近的那张圆桌前抽出一把椅子，坐了下来，将咖啡摆在桌上，拿起放在托盘上的小勺子慢慢地搅拌着，香气弥漫开来。老头正观望着对面的座座高楼，闻到这香浓的咖啡味道后，回过了头。

"你好！"老头向厉玄打起了招呼。

"我很好，谢谢！你好吗？"

"很好，谢谢！多好的阳光。"

"是的，真是个好天气！"

"咖啡味道不错。"老头夸赞道。

"真的吗？我尝一尝。"厉玄说着，放下勺子，端起咖啡，饮了一口，满脸陶醉地说，"味道好极了！你要不要来试试？"

"好主意！"

老头说着就去饮品区也买了一杯热咖啡，端着走回来，厉玄伸出手，邀请道："请坐。"

"谢谢！"老头说完便在厉玄面前坐了下来。

"你一个人观光？"

"是的，我明天就要离开中国了。"

"真的吗？"

"是的，今天的天气很好，乘坐游轮观光真是太舒服了。"

"你来中国旅游？"

"我来中国见客人。"

"哦，是这样。你还去过中国其他的地方吗？"

"不，这是我第一次来中国，我只在那里住一周。"老头指着对面的一座大楼说道。

厉玄抬头一看，原来是那家日本酒店，忙问老头："你来自哪里？"

"我来自瑞士。"

"欢迎你来中国。"

"谢谢！"

"你看起来很像个 business man。"

"你也很像，你像个年轻的商人。"

"谢谢！我从事贸易。"

"哦，听上去不错！"

"你从事什么？"

"我家族原本做服装，目前在搞新材料。"

"衣服面料吗？"

"是的，也包括很多饰品，还有鞋子。"

"是这样。"

"一些豪华游轮上厨师们的厨师服和鞋子就是采用我们家族开发的新面料制作而成。"

"是吗？如果我有机会乘坐，要到上面仔细看看。"

"你是第一次听说？"

"是的，之前没有听说过。"

听了厉玄的话，老头的脸顿时变得有些沮丧，头上的金发也好似黯淡了几分。

"我们的知名度还不够大，在中国这里很少有人知道我们。"

"你们的公司叫什么名字？"

"欧勒新材料公司。"

"我可以知道你的名字吗？"

"里昂，你呢？"

"我的英文名叫 Lyndon。"

"Lyndon，你的英语讲得不错。"

"谢谢！我上个月刚回到中国。我在从事这里与大威尔士港之间的贸易。"

"哦，是这样。你出生在这里？"

"是的，我的家就在这里。"

"大威尔士港，好地方！"提起大威尔士港，老头一脸憧憬。

"你经常去吗？"

"去过几次。再过几个月，我还要去一次。"

"去那里过圣诞？"

"不，我要去参加一个投资洽谈会，顺便再到大威尔士港玩几天。"

"你说的是不是艾州科技园的那个投资洽谈会？"

"哦，是的，你听说了？"

"我上个月刚刚去过艾州科技园，阳光真可爱……"厉玄侃侃而谈起来，在老头面前说了一番艾州科技园的景象，老头一边品着咖啡，一边饶有兴趣地听着，听到精彩处便大笑几声，"哈哈！太有趣了！"

二人在甲板上沐浴着日光，还不时吹来阵阵暖风，可谓风吹日晒，里昂的心情却越来越好。

一圈的行程即将结束，船要靠岸了，阿尼尔也走回来找厉玄，准备和他一起下船。

"Lyndon，今晚我们一起吃晚餐。"老头高兴地对厉玄说。

"没问题。"

"你来酒店，我们一起到餐厅吃自助餐。"

"好的，晚上见。"

临下船前，厉玄刚刚醒悟过来，阿尼尔也是外国宾客啊！本来是要陪他的，结果……

当晚，厉玄比约定时间提早半小时到了酒店，酒店一楼大堂里，只有几个人在咖啡厅喝咖啡，厉玄找了个沙发坐下来。忽然，他看到远处电梯间里走出一群人，一个身着西装的高个子的金发老头，是里昂，还有几个身着西装的亚洲人，那么矮，还在鞠躬，像是日本人。还有一位亚洲面孔的人，高度在老头和那几个人之间，厉玄看着他的脸，感觉特别像之前在银行工作时经常打交道的那位法律顾问，不错，正是他，马耳亿。他正站在一旁，看着双方道别。小个子们在和高老头鞠躬道别后，走出酒店大门上了计程车。马耳亿回头又和高老头微笑着说了几句话，然后走回电梯门前等待。高老头看样子一个人要去餐厅，这时，厉玄从沙发上站起来举起右手，冲高老头摆了摆，老头看到厉玄后忙走过来打招呼，两人有说有笑地向餐厅走去。

餐厅里还没有正式开饭，厉玄和老头两人在窗边的一张双人桌前坐下来。

"刚才那些人是你的客户？"厉玄问道。

"是的，刚送走他们。"

"他们不是中国人？"

"不，他们是日本 TTM 公司的业务团队。我们在谈一个收购项目。"

"你们为什么来中国谈项目？"

"是这样的，日本 TTM 公司的创始人大野先生对他公司目前的状况不满意，一心想与日本甚至全世界的顶尖公司一争高下。"

"真的吗？"

"TTM 创立的时间并不算久远，可在经营上真是充满侵略性。"

"难道他真有那么强大的力量？"

"只凭借他们自己的力量当然是不够的，所以想要与我们公司进行资本合作，获得更加充足的研究经费，开发出更好的产品。"

"欧勒家族看上了 TTM 公司？"

"准确地说是我们情投意合。最初的确是他们先找到我们。"

"TTM 公司要主动出售自己？"

"没错，原因就是我刚和你讲过的。"

"我是不是知道得太多了？"厉玄突然意识到这好像关乎公司的机密。

"没关系，TTM 在欧洲几乎已经走遍了，很多人都知道这回事，可没有公司感兴趣。"

"他们很知名啊！经营业绩恐怕也不会差。"厉玄说完后，又猛然觉得自己的话有点不妥，忙解释道："对不起！我是说，由于中国离日本距离近，我之前去日本旅游时见到过 TTM 品牌的服饰，在日本看上去很知名。"

"没错。经营业绩相当好！TTM 公司的销售额与营业利润很高，拥有好几种自主研发的产品，去年还斥资收购了另一家公司，该企业在新材料技术领域处于领先。"

"天啊！这样的公司还要主动出售自己，我还很少听说。那么，你们是不是也很中意他们？"

"是的，我们并不打算收购全部股份，过半即可。"

"真的很少！"

"我们要最大限度地给予 TTM 公司空间得以施展，这样才能激发他们奋斗。你知道吗？如果让 TTM 公司维持一定的经营独立性，他们就会产生不断进取的动力，时刻会保持住他们的拼搏进取精神。"

"他们应该追到瑞士去呀。"

"中国是我们共同关注的市场。"

厉玄正听到关键处，老头向那边看了看，说："晚餐开始了。我们去拿些来。"

厉玄于是跟着老头到那边夹了些饭菜，两人回来后坐在桌前接着聊。

"中国的企业想要卖股份的也不少。"厉玄说完便拿起啤酒喝了一口。

"我们也正在中国寻找。"

"真的吗？还用费力找啊？我就知道有好几家公司。"

"说来听听。"

厉玄放下啤酒杯，接着说："不过，都是些中小型的公司，没有上市，资产规模不大，跟 TTM 公司可比不了。"

"未必是多么大的公司，有明显的优势才是最好不过的。"

"中国的优势明显啊！相比欧洲、日本，中国劳动力多，成本也相对低，为外国企业创造的营商环境也好，今天在游轮上见到的我那位朋友，他的家族就在中国有工厂，经营许多年了。"厉玄用叉子叉起一块肉放到嘴里，边嚼边看着老头。里昂并没有说话，低头吃着盘子里的东西。

"还有，像网络营销，物流配送都很火热。"

听完厉玄的这句话，里昂抬起了头，说："强劲的物流系统很让我们羡慕。"

"我有个朋友是做鞋子生意的，他的公司在中国一家物流集团里面就有股份。他们销售产品主要靠互联网，比实体店铺卖得多。他们的产品销售特别是配送方面做得很灵活，也很主动，因为他们有强大的物流公司支撑。"

"这个优势很明显。"

"先生也对这个感兴趣？"

"可惜我明天要走了。"

"没关系，我朋友也报名了艾州科技园的投资洽谈会，到时候他也会去参加。"

"很好。"

"对了，他的公司名字叫 AA 鞋业。"

"好的。"

晚上从酒店回到小区，厉玄直接向父母家走去，听说今天小姨来了，他要去看看。一进门，一股香喷喷的韭菜饺子味儿，屋子里没有说话声，厉玄继续向厨房走，见到妈妈正在刷茶杯。

"妈，小姨走了？"

"走了。"

"还说见见她呢。"

"你这么晚才回来，上哪儿去见？她吃完饭就走了。"

"爸呢？"

"去公园遛弯儿了。"

厉玄从妈妈身边拿起一只刷好的茶杯，接了杯热水，回到屋里，关上房门。他手捧着茶杯，回想着白天的一幕幕。中国是他们共同关注的市场，那么很有可能在他们双方合并后就会进驻中国。里昂还对 AA 鞋业的销售及配送优势流露出赞赏，这很有可能就是他们最想要的那部分。AA 鞋业是否也可以参照 TTM 公司的思路，主动提出合作，以自身优势换取对方的资金注入，用于技术研发，不仅是这些，更吸引人的是欧勒家族的收购理念——维护创新企业的经营独立性。里昂的说法的确很好，又显得高尚，可在厉玄看来，这对双方都有利，对欧勒家族产生的利或许会更大。他们能否真的并购成功？想到这里，厉玄看看时间，快九点钟了，他想了想，从手机里搜出马耳亿原先在中国的手机号，用这个号码试着在微信里查找，果然搜出了他的微信头像，厉玄点击了添加，发送验证信息，很快验证就通过了，对方发来个问候的表情。厉玄发去一条语音消息："你的中国手机号没变？我现在打给你可以吗？"对方马上又回了个"好"的手势。厉玄忙拨通了对方的电话。

"好久不见，听得出我是谁吗？"

"Lyndon，你好！"

"你居然还记得我？"

"我手机里一直存着你的电话。"

"最近好吗？还在日本？"

"这几天回来了，马上又要走。"

"你这么忙，我都不好意思打扰你。投行，也只有你这种铁超人能做得了。"

"你找我，我就有空，你不找我，我永远没空。"

"我有个事想咨询你。"

"说吧。"

"我们大陆的民营企业如果想主动出售，被外资企业收购，这事情麻烦吗？"

"企业规模有多大？"

"中型企业，生产鞋子，有出口有内销，当然没有上市，它只在一家物流公司里面有些股份。"

"这企业在中国市场销售情况怎么样？"

"不错，线上的营销越来越强，物流配送方面更有优势，这两个相辅相成。"

"找到中意的对象了吗？"

"还没确定。"

"我们现在有两个客户，正想找这类企业，这次来中国，就是一边谈项目，一边物色合适的企业，打开中国大陆市场。"

"做什么的？鞋子吗？"

"相关。"

"哦。"

"不过，我目前不好多说，严格地讲，我们投行还处于应聘阶段，还有其他与我们竞争的投行以及咨询公司，日本客户还没最终敲定使用谁为其服务。"

"是个大项目？"

"项目说大不算大，说小也不算小，就是跨国企业并购，股权分配。"

"祝你们成功！"

"谢谢！我马上发给你一些类似的案例和法律资料，你可以了解一下。"

"Thank you！"厉玄道谢后，不知接下来要说什么。从接触马耳亿那刻起，就觉得这人的言语中总是透着职业的干练，永远没有多余的缝隙插进些闲言碎语或是长长的客套。

"如果有一天，我悄然离去请把我埋在……"

这是什么声音？他在唱歌？厉玄屏住呼吸，仔细地听着。

"在这春天里。"

"你日本歌听多了？"厉玄问道。

"春天里……"

马耳亿将声音拉得好长，厉玄没有再说话，听他把这一句唱完，足有十秒钟。

"我唱的是中文歌。"马耳亿唱完后对厉玄说。

"如果不听那些伤感的日文歌曲，你怎么想起唱这句。"

"还用听曲？我就是曲。"

"你结婚了？怎么那么伤感？"

"你跟我结婚？"

厉玄觉得马耳亿变了，原先认识他时，他智商过人，精力充沛，条理清晰，理性不慌。多年不见，现在怎么变得情绪起伏，还很伤感。厉玄感觉有些尴尬，马上笑着说："看来真的要开导一下你。想想看，钱，你不缺；爱，你享受不起；你现在缺少些权。马斯洛的需求层次 Theory 不是这样讲吗：One……Two……"

"没有股，哪来的权？"马耳亿听着这套在界内不断传诵的理论，打断了厉玄。

"赶快入股你的东家，总不能一辈子都当服务生，漫天飞来飞去的。"

马耳亿觉得厉玄变了，原先认识他时，他干脆利落，是把快刀，能斩棘和乱麻，如今却循循善诱起来，不慌不忙地充当起了心理分析师。他已经成家了？所以变得缓和又耐心？马耳亿越想越感到落寞，强忍住伤感说："说得不错，真可以成为我的贤内助。"

"你养我吗？可以呀！我这就嫁过去。你卖命挣钱，然后我花。你账号密码是什么？"

"老子命快卖没了！"

马耳亿的满腹伤感瞬间上升成了激动。厉玄听后赶快问道："你现在在哪里？告诉我，我以最快的速度过去看你。"

"不，不，不要来。"

"那好吧。先不聊了，晚安。"

厉玄放下电话，急忙走出房间。

"妈，您和小姨晚上包了多少饺子？"

"剩了好多，你拿点儿走。"

厉玄跑到厨房去找饭盒。

"这个是不是新饭盒？"

"新的，没用过。你非得拿新饭盒装饺子？"

厉玄没说话，把一盘饺子倒进饭盒里，感觉不够，又从抽屉里找出一副新筷子，从另一个盘子里多夹了几个饺子放进饭盒，盖好盖子，把新筷子用纸巾包好。然后掏出一个干净塑料袋，把饭盒和筷子放进袋子里，系好，提着它匆忙下了楼。走在小区里，正看到一个外卖小哥骑车进来，厉玄叫住他，"来送外卖？"

"啊。"

"还有几份要送？"

"这个小区五份，送完还要去下一个小区。"

"我这里有一份饺子。"厉玄说着，拿出手机，给他看地图以及酒店名和地址。

"麻烦你给送到这家酒店。看清楚在哪里了？"

"认识，我去过。"

"到那之后，找一位名叫马耳亿的客人。耳朵的耳，亿万富翁的亿。就说这是'春天里的饺子，开水泡热'。记住了吗？"

"我还得赶时间送下个小区的外卖，送完之后才能去。"

厉玄从口袋里掏出一百元钱，甩了甩。

"这个给你。你把我们小区的五份外卖拿出来，我替你送。现在立刻去酒店，把饺子送给马先生，回来再送其他的外卖。"

小哥犹豫了一下。

"你的电话号码是多少？"

小哥忙拿出那五份外卖，塞给厉玄，拿着钱，掉头要骑走，忽然，又转过头，冲着厉玄问道："那位先生真的是亿万富翁？"

厉玄本想让这小伙子更容易记住马耳亿的名字，所以随口说了个"亿万富翁"，没想到小伙子此刻双眼紧紧盯住厉玄，他信以为真了吗？厉玄感觉这眼神就像要挣脱绳索前的一阵酝酿，下一秒钟要酝酿出什么？厉玄不敢再想下去，使劲地摇头，对他说："他呀，和你一样，抢单子的。"

小哥听后转身走了，骑出小区，向宽阔的马路驶去。

一阵急促的春风把厉玄的上衣掀起来，虽不刺骨却越刮越急，厉玄赶快往回走，提着外卖挨家挨户去送，像个小哥又像个体贴的媳妇。

这一天过得好充实！厉玄晚上躺在床上仍然翻来覆去地睡不着，便拨通了 AA 鞋业的电话。

"喂！"

"喂！霖瀍银行的贷款进行得怎么样？"厉玄开门见山地问道。

"我们在一直跟进，前两天找人打听了一下，估计问题不大。真是谢谢你啦！"

"他们指出的那些其他办法你怎么考虑？"

"我是说被当儿子这事。"厉玄进一步地问:"你们介不介意主动找个爹把你们收了?"

"听口气你是要把我们卖了?"

"如果是个好人家,你们愿不愿意卖?"

"有多好?"

"外国人。"

"技术方面怎样?"

"这个当然很强。"

对方听后没有说话,厉玄便继续说起了今天白天自己的所见所闻:"有一个公司自己要卖自己,找了个爹,双方情投意合,准备进行收购。如果成功,双方准备进入中国市场,目前正在找合适的目标。"

"给他们当儿子?"

"恕我直言,更像是孙子。老爷爷是欧洲的,实力比日本儿子更强。"

"Fuck!"

"现状嘛。不过,我可以这样说,我既可以帮你见日本儿子,也可以帮你见欧洲爷爷。至少先向他们介绍 AA 鞋业的基本情况。"

"嗯。"

"再提醒一下,离投资洽谈会越来越近了,一切都要抓紧准备。"

"嗯。"

第九章

AI 势不可挡

　　周五晚上的大威尔士港人声鼎沸，舞场、酒吧里一片欢腾。海莼吃过晚饭，准备上床。自从来到大威尔士港，海莼感觉自己大多数时间都在床上待着。她的床就摆在二楼的开放式厨房里，床旁边有一个衣柜，衣柜旁边就是阳台。衣、食、睡全在一起。衣柜一侧的阳台与抽油烟机旁的阳台对应，天气好时，把两个阳台的门全打开，空气既通透又开放，夹在中间的海莼好像也不得不跟着空气开放起来，是不是哪天自己就跑到舞场喝酒跳舞去了？房东夫妇住一楼的主卧，卧室外有一个浴室，供三人一起使用，就像楼上供三人吃喝的厨房。这时，海莼手机响了，来了一个令她意想不到的电话。她刚要接，只听楼下房东先生向上喊：

　　"泡茶。"

　　"稍等。"海莼忙说。

　　"嘴巴好干。"房东先生嗲声嗲气地继续说。

　　"拜托，稍等一下。"

　　房东先生不再说话了，海莼连忙接通电话："你好！我是海莼。"

　　"我是波文·史密斯。你好吗？"

　　"我很好，谢谢！你好吗？"

　　"很好，谢谢！你在哪里？"

　　"我在大威尔士港。"

"一切都顺利吗？"

"还好。"

"这周日我家要举办 party，我能否邀请你参加？"

"什么？这周日？我想时间恐怕来不及，抱歉，我不能够去参加。"

"你愿不愿意来参加？如果你愿意，我并不认为时间来不及。"

"可是……"

"我们邀请的客人中有很多在帕州，其中多数都在大威尔士港，我们安排了一辆车在中央公园那里等候，接上客人们一直到怀特港我家门口。车程约三个小时，很方便的。"

"几点发车？"

"周日早上八点半。"

"晚上呢？"

"下午五点从我家再送各位返回大港。"

"我考虑一下。"

"什么时候给我答复？车子座位需要预约，如果你愿意，我可以为你预约一个座位。"

海纯犹豫了几秒钟后，说道："好吧，请帮我预约个位子。"

"这么说你愿意来参加？"

"是的，我愿意。"

"好的，很荣幸为你服务，周日见。"

"周日见。"

海纯刚通完电话，从楼下又传来一声："嘴巴好干。"海纯忙喊道："上来。"

半天没动静，海纯伸长脖子向下看了看，见浴室门紧闭，笑着喊道："我要方便。"果然从门里面传出来："稍等。""好急！"海纯又继续喊。门里面接着传出一声："拜托，稍等一下。

不一会儿，一阵马桶冲水声响过后，房东先生走上来，见水壶旁摆着一个新玻璃酒杯，不禁说道："好漂亮的杯子！"

"上次我不是打碎了一个杯子吗，赔给你们的。"

"不要紧啦！这么客气。"房东先生笑着说。

"幸好我打碎的是玻璃酒杯，要是不小心打碎你这套心爱的茶具，那可不得了！"

"是啊！这是我姐姐专门从台湾寄过来的。"房东先生一边和海莼说话，一边满面笑容地看着自己的茶杯。

见他心情很好，海莼又问："你怎么还没喝就……"

"怎么啦？"

"顺序不对。"

"一样的啦！先出后进，先下后上蛮好的。"

"喂，不如在这楼梯口安个门，怎么样？"海莼打趣道。

"那你的房钱要涨喽！"

"这样子啊！没关系，你负责安装门，我负责安装锁。"

海莼这么一说，触动了房东先生的神经，只见他放下手里的水壶，大喊一声："No！"

"你可以涨我的房租啊！"

"不可以！不可以！"房东先生边说边使劲摇着头。

海莼听后，笑着向楼下的浴室跑去。

与大威尔士港的热烈周末相比，怀特港的周末安静依旧，市中心的酒吧舞场虽然开放着，但只有本地的居民在自娱自乐一番，赶走一周工作的疲劳。

兆小促的网络主播业务一时源源不断，这业务好，尤其在室内对着手机录时能够节省空间与成本，只需上半身出镜，于是商场促销车里的口红、粉底又为兆小促的大脸派上用场。晚上十点半了，兆小促结束了今晚的主播，脸上的妆并不想擦去，美滋滋地等着男友尼尔森回来。

　　兆小促与男友尼尔森的关系，就像各自身上自带着幌子，却互相被对方打着。尼尔森背上的幌子，史密斯家族成员。史密斯家族中有本不姓史密斯的而姓了史密斯，还有本该姓史密斯的而未被允许姓史密斯，尼尔森就属于后者，他本是史密斯后代，可偏偏不被家族接受，没有得到史密斯这个姓氏。对于他，史密斯家族里的人好像有着不言而喻的秘密。家族成员对他的态度平和中透着异样，热情中透着疏远。而兆小促背上的幌子，中国。尼尔森的母亲早年曾在中国任教，其间因过度传播宗教，给学生洗脑，被驱逐出境。尼尔森自幼也对中国感兴趣，他目前仍在传播宗教，并开始引用人工智能技术，而中国一直是他看好的地方。

　　小促听到开门声，是尼尔森回来了，她高兴地下楼去迎接。小促最近一直高兴，喜鹊餐厅招到了人手，主播事业又顺势而起，她身体轻松又心情愉快，心里还一直惦记着前段时间尼尔森在吃生日晚餐时曾经说过的话，她好期待他口中的"想法"，那一定是份莫大的惊喜。然而，尼尔森却在此时说出了一个令她震惊的消息。

　　"你为什么不早对我说？"兆小促生气地问道。

　　"我对你说过。"尼尔森反而感到无辜。

　　"什么时候？我怎么不记得？"

　　"在我生日那天，许愿以后。"

　　"我以为……原来你……"

　　"我原以为你能随我一起去中国，那里是你的家乡，我不明白你为什么不愿意，我想你听后会非常兴奋。恰恰相反，你并不愿意，这真出乎我的意料。不管怎样，现在我已经决定了，我们这个人工智能的项目要与中国公司合作，在中国完成。这需要一年甚至更长，现在我要停止向中介公司支付这房子的租金，并且，这房子还有了新的买家，明天房主带买家过来再看一次房子，没有什么问题双方就要正式交易了。"

"之前看过几次？"

"有两次，因为你一直很忙，总是不在家，所以没见到有人来看房。"尼尔森简要地解释一下，蓝色的眼睛里依旧没有任何波澜。

"噢，对了，这周日奥斯顿邀我去参加他们的 party。"尼尔森接着对小促说。

"难道他们还特意为你送行？"

"不，是史密斯家族举行的 party，邀请了我去参加。"

"我说呢。"

"今年第二季度的 party。薇薇安，你还没有去过史密斯家，这次愿不愿意和我一起去？"

"周日白天我还要到店里做工。"

"那好吧，总之你要尽快找到房子住。"

"谢谢提醒。"

已接近深夜，刚刚遍布兆小促全身的那份轻松愉快和期盼荡然无存，随着黑夜消失得无影无踪，她感到失望又无奈，还有一些气愤。

周日上午，兆小促刚一来到喜鹊餐厅，就直接跑到厨房，对着正在忙活着的老板和老板娘大声说了起来："老板，老板娘，7月初在艾州科技园要举办一场投资洽谈会。目前正在聘请各类餐饮的供应商。中餐的标准是早、晚餐各七顿，喜鹊愿不愿意考虑？"

"费用标准是多少？"

"平均每人每天一百五十。"

"你从哪里得来的消息？"

"投资洽谈会是我们银行跟艾州政府共同搞的。周五开了一上午的会，我们部门负责这次会议的餐饮。"

"七天？"

"是的，一共七天会议。"

听了兆小促的消息后，老板老板娘整晚都在盘算着这件事好不好干，值不值得干。

"黄哥，我刚才讲的你都听到了吧。"

"喜鹊真要接这个活？"

"他们是心有余，力不足。整晚在厨房一直在想怎么搞那么大的活。"

"大？大个头，井底蛙。"黄祖遥恨恨地说了一句。

"黄哥，这件事今晚兆小促刚跟喜鹊讲的，我就知道这么多，接下来几天我再继续观察。"

"好，托尼，谢啦！"

海莼又一次来到史密斯家中的那片庄园，她下了大轿车，随着一路同行的客人们在史密斯家门卫的指引下，走进庄园。今日的酒，饮后又会带来什么滋味？海莼心里回想着上一次的红酒、美丽的庄园以及怀特港之前的一切。

"你好！很高兴又见到你。"波文见到迎面走来的海莼，微笑地向她问好。

"我也是，谢谢！"

波文并没有过分赞美海莼的裙子以及浑身上下的装束。到访的每位客人也并未听到来自史密斯家族的花言巧语。

"奥斯顿也在。"

"是吗？"海莼跟着波文来到会客区，奥斯顿正在和几位客人说话。波文正要上前，海莼对他说："不要打扰他，我们先聊。"波文走到一旁为海莼送来一杯红酒，"欢迎品尝。"

"和上次的一样吗？"

"当然不一样。这个才是我家庄园产的。"

"什么？难道上一次我喝的不是史密斯庄园的红酒？"

"很抱歉，不是。"

"好像是你主动邀请我到你家里品尝红酒，可你竟然不给我品尝你家的红酒。"

这时，奥斯顿走过来，"发生了什么？"

"奥斯顿，见到你很高兴。"海莼主动向他问候。

"我也是。"

"我想向你求证一件事。"

"当然可以，你想求证什么？"

"上一次我来这里品尝的是不是史密斯葡萄庄园产的葡萄酒？"

"不是，那不是史密斯庄园产的酒。"

"三位年轻人，你们看上去很愉快！"一位男士过来打招呼，打断了正要说话的海莼。

"我弟弟波文前段时间邀请了这位女士来品红酒，可他说那不是史密斯庄园的酒，这位女士正在向我求证此事。"

"噢，原来是这样。波文，你一定要对她解释清楚，否则的话……"

"否则的话他会有大麻烦。"说话的人正是尼尔森，他站在远处，一直看着他们，听到他们的聊天很有趣，便走过来和他们一起聊。

"你是中国人？"

"是的。"

"你叫什么名字？"

"莼。"

"你好！我是尼尔森。"

"见到你很高兴。"

海莼打量了一下尼尔森，第一感觉是他和奥斯顿、波文这兄弟俩的气质有些像，可仔细看又觉得不太像。相貌、身材，还是哪里……

"你在怀特港？"尼尔森接着问海莼。

"我今天从大威尔士港过来。"

"真的？我前几天刚刚去过那里。"

"哦。"

"你有没有去过中国深圳？"

"没有，我家离那里比较远。你去过？"

"不，没有，不过我即将要去那里。"

"是吗？要待很久吗？"

"我想是会待上一段时间。"

"你有工作在那边？"

"我们有个人工智能项目要和深圳的公司合作。"

"为什么和中国公司合作？"

"他们的服务听起来很好，既灵活又周到。"

这时又走过来一位熟人，和奥斯顿打着招呼。"对不起，我先过去一下。"奥斯顿暂时抽身离去。

自从机器人裁员在埃文斯兄弟银行实施以后，怀特港就被人工智能这个话题笼罩着，至今余音绕梁，久久不能平息。海莼可以算作事件的当事人之一。此时，尼尔森主动提起人工智能这个词，又要不停地向海莼询问中国，一旁的波文见状忙打断了，"那边还有马芬和咖啡，我们可以坐下来聊。"

"莼，这是我的名片，上面有我的联系方式，我们改日再聊。"海莼接过名片，说了声谢谢。波文见后，惊讶地说："哦，名片，好珍贵！我是否也能得到一张？"尼尔森笑着对波文说："我先告辞了。"

"你确定现在就要走？"

"是的，我要去教堂。"

"准备得怎么样了？什么时候动身？"

"我目前还不能够确定，希望尽快。"

"奥斯顿有位朋友在中国深圳，如果你愿意，他可以请朋友为你提供帮助。"

"哦，非常感谢！我想我们的团队可以做得不错。不要担心。"

"好吧，祝你好运！"

波文把尼尔森送走后，回来对海莼说了一句："跟我来。"

海莼跟着他走，这段路和她上次来时经过的路不一样，她没有走过，好奇与憧憬混在五味杂全的心情里，就这样一步一步地走着，不知不觉地来到一间安静的屋子里。她见到一张桌子上整齐地摆放着许多瓶红酒，模样看起来都一样。

海莼被领进一间安静的屋子里，一张桌子上整齐地摆放着许多瓶红酒，模样看起来都一样。

"今天来的每一位客人都会得到一瓶红酒，史密斯庄园产的，就在这张桌子上，它们将是第一次也是最后一次被赠送给外来客人。如果你今后在外见到了相同瓶子，贴着相同标签的酒，那一定与这张桌子上的酒不同，除非是出自那些客人之手。"波文说着朝窗外望去，海莼也跟着向外望。

"今天一共邀请了二十八位客人，已经全部到齐。那里站着二十七位。"

海莼心里迅速数了数，除了两位走来走去的服务生和奥斯顿陪着的长辈们，客人果然是二十七位，加上自己正好二十八位。她又仔细看了看他们各自的模样，试图记住他们的脸。

"刚才那位尼尔森呢？"海莼问波文。

"他不算是客人。"

"哦，我也觉得他和你们有些相像。"

波文听后默不作声。海莼突然又想起刚才尼尔森递给自己的名片，印象上面的姓氏不是史密斯。她左手握着手包，刚才已经把名片放到包里，此时也不好意思再取出来。

"可是，我觉得……我好像……在大威尔士港还见到过类似模样的红酒。"海莼继续问道。

"你确定瓶子与标签和这些酒一模一样？"

"嗯。"

"你所说的应该不是目前桌上的这些酒，因为它们之前从未被赠送给任何人。"

"凭记忆，我还是看不出哪里不同。"

"字号，或许就在字号上有区别。"

海莼听后又使劲儿地回忆着厉玄家里的那酒瓶标签上印的字。

"或许是，可眼睛好像真的分辨不出。"

"红酒瓶子的标签每年会更换一次，这个标签就是 2018 年新换的。贴着这个新标签的酒，一部分当货物已经出口给海外，一部分会被当作礼物每个季度各赠送一次。为了容易辨认，同一种标签会有大小不同的字号。"

"没有在本国市场上零售过？"

"今年从没有过。"

"我想不通那酒怎么 4 月初就到了我朋友的手里。"

波文看了看手表，"还有三个小时。"

"是吗？过得真快！"

"我们今天只剩下三个小时。"海莼听后感到波文正一步步地贴近自己，已经快要贴到自己的身体，她浑身越发不适。而波文，此时浑身舒适，他终于等来了这美妙时刻。他的这份舒适要盖过，要感染，直至征服她的不适。

楼梯处传来海莼的脚步声，她一步一步地走下楼，沿着记忆向外走去。脚步声适度，探着路，还带着一丝轻盈，像是跳动的心。她的鞋子终于又踩回到柔软的草地上，她的心顿时安顿了下来，脚步也随之平稳了许多。

远处奥斯顿看到了走在草坪上的海莼，在他的眼里，这女孩如水，第一次见她时，有如一条细细的河，安静流淌。而今天上午刚一见到她时，这条河好像被飞在河水上鸟儿的翅膀掠过，泛起了涟漪。此时此刻，她正在向这边走来，好似一条潺潺流动的细河，水波荡漾，金色的太阳照耀着她，她的黑发，她的双眼，还有整个脸庞金光闪闪。那只鸟儿，一定是波文。奥斯顿抬起头，弟弟他正站在楼上的玻璃窗内望着她，平时红红的脸颊此时更加泛着红光。

海莼看到奥斯顿一直站在那里，走近他时向他打招呼："Hi，你家庄园真漂亮！"

"谢谢！"

"真感谢你们的盛情款待，让我看到这么美丽的家，还有红酒，味道美极了！"

"不客气，我们很荣幸能邀请客人来家里做客。结束时，我们还有礼物送给大家。"

"是我们今天品尝的红酒？"

"是的。"

"刚才听波文说起这个。"

"他能够用珍贵的朋友赠送的珍贵礼物款待你，看来你在他心里比今天来的客人们更加珍贵。"

海莼一时还在琢磨着这句话，奥斯顿又要开口解释："上次……"

"哦，我明白了，能够品尝到珍贵的红酒，无论是哪一次，我都感到如此珍贵。"

奥斯顿笑着抬起头向玻璃窗望去，他的脸在阳光下好英俊，海莼又想起那名著中的人物。他怎么不说话了？一直抬着头，海莼顺着他的眼神回头向上望去，波文的脸！从玻璃窗里透出来，两张名著里英俊帅气的脸令海莼一时感觉像在梦里。

当晚，史密斯家结束了一整天的忙碌，随着月亮升上夜空，一切渐渐地安静了下来。唯有奥斯顿与波文兄弟俩依然没有安静，他们还在继续着白天的话题。月光照进奥斯顿的房间，仿佛在静静地聆听着兄弟俩的对话。

"你是在帮她还是在爱她？"奥斯顿坐在窗前询问倚在窗边的弟弟波文。

"我很爱她。"

"波文，你要勇敢地纯粹地去爱，去享受你单纯的爱情。请不要加入你的同情或者朋友之义。"

"我不想当她是件衣服才去爱她。"

"我觉得她是一件衣服，一件你从未穿过而感到耳目一新的衣服。或者说是一颗宝石，一枚戒指，一条项链，一条优美的河，不管怎样，她令你赏心悦目。那么，就去好好享受她。"

"我会享受的。她在饮过第一口红酒之后流露出的喜悦与哀愁真令人着迷。"

"为什么非要露出同情与帮助？"

"除了喜悦与哀愁，还有一丝痛隐藏在她心里。"

"父亲就是因为没有好好尽情地去享受他的爱情，同情心爆发，帮助了他心爱的女人。"

"你担心我会有麻烦？像父亲那样？"

"何止是麻烦？简直就是祸。"

"奥斯顿，不要太紧张，我不是一直都很好？"

"波文，帮助的过程中，你势必会接触到外界。"

奥斯顿站起来走到波文面前，对着他说："人工智能势不可挡，它本没有任何错误。是的，怀特港确实有人们在帮助被裁掉的员工向埃文斯兄弟银行申请多拿到些补偿，甚至要求恢复员工职位，即便是这样，趋势并不可挡。尼尔森已经决定去深圳，去开发宗教人工智能技术。可你们是否想过，宗教和人工智能将怎么紧密连在一起？宗教该怎么去和人工智能对话？你又怎么去和艾伯纳对话？这过程中，你们又怎能保证不受任何牵制？你们一定要想一想。"

第十章

喜忧参半

　　"关于今年 7 月份即将在艾州举办的投资洽谈会，我们已经达成了共识，还有一些包含更多细节的协议需要双方签署。埃文斯先生，是否还有其他意见？"

　　"哦，这很好，我们银行愿意全力配合州政府做好这次洽谈会。而事实上，我们已经开始筹备了，比如会议期间的餐饮，自助换汇，这些事正在进行。"

　　"好吧，下面请市长先生们就这次活动谈一谈各自的看法。"

　　埃文斯兄弟银行作为此次洽谈会筹办方之一，当然该由艾伯纳作为负责人在协议上面签字。签好后，他看了看时间，已经十一点半了，开了一个上午的会，他需要喘息，于是趁着市长们交谈的时间，站起来，走到会议室门口，拧开深棕色的厚重木门，走出会议室，随手关好门后，独自一人朝洗手间走去。洗手间在走廊的另一端，艾伯纳路过楼梯口时，走廊另一端的屋子里走出一位年轻男子，他也是独自一人出来，并随手关好了门。艾伯纳见他迎面向自己走来，放慢了脚步，突然一下子停住了。

　　"是波文！"艾伯纳诧异地说。

　　"埃文斯先生，你好吗？"

　　"我很好，谢谢！你好吗？"

　　"很好，谢谢！"

"你怎么到这里来了？"

"我陪长辈们来开艾州经济会议。"

"哦，是的，马上要到7月了，也是新一个季度的开端。不过，你哥哥怎么没来？不是应该由他陪同吗？"

"奥斯顿总是不信任我，这次我要做给他看。"

"哈哈！波文，好样的。"

"埃文斯先生怎么不与我们一起开会？"

"什么？哦，波文，你在开我的玩笑。和史密斯家族相比，埃文斯兄弟银行就像游泳池里游泳的鱼，我又怎么可能与你们同坐一间会议室。"

"那么，你怎么游到州办公厅里来了？"

"哦，艾州政府邀请我来参加一个会议。很高兴能作为怀特港的一员来这里开会。"

"埃文斯先生，你出生在怀特港？"

"是的，当然。"

"怀特港是你的家？"

"当然是。"

听到波文这样问，艾伯纳既惊讶又有些不安，可还是尽量保持镇定。

"你曾经作为客人被史密斯家族邀请，并接受了我们赠予的礼物。"

"这一切令我感到非常荣幸。"

"可怀特港还有一个众人皆知的规则，先生应该也知晓。"

"你是指？"

"史密斯家族赠予出去的礼物，原则上客人都不会再转手给别人。"

"当然。"

"礼物就是礼物，货物就是货物，藏品就是藏品。我们其实很感谢先生的做法，也是给我们提了个醒，家族长辈是否还要在怀特港继续维持这样一个主客之间的承诺，或者说是一种默契。"

"波文，你在说什么？我听不懂。"

"不过，目前史密斯家族及怀特港仍在保持一贯做法，对待遵守秩序的客人以及那些未遵守秩序的客人。"

"波文，这不像你的口气，这些话是你的长辈们让你和我说的吗？如果是这样，我想，我或许应该和你的长辈们直接谈谈。"

"埃文斯先生，我想你过于自信了，迄今为止，还没有哪个违背承诺的人得到过史密斯家族的一丝宽容。怀特港百年来主客之间的默契不会轻易被我们擅自打破，这是对一贯遵守秩序的怀特港人的尊重。"

艾伯纳一时无语。

"埃文斯先生，给你一个期限，十四天之内，请把那瓶酒归还给我们。我们将不计前嫌，今后埃文斯先生依然会是史密斯家的客人。"

"这个我要考虑。"

"今年埃文斯兄弟银行经历了一场风波，不希望那瓶红酒再令怀特港引起一场更大的风波。你说今天是艾州政府邀请你参加会议，好吧，假如你说得对，你被邀请，你为什么被邀请，因为这是次机会，一次可以让埃文斯兄弟银行挽回形象的机会，是你一直在主动争取到了这个机会。我想，你不仅要抓住这个机会，更不能放弃另一个机会。"

高挂在楼梯上方的钟响了，中午十二点整，它正对着大门，看着每天进进出出的人们，提醒他们时间。

波文说完走回会议室，厚重的大门"砰"的一声关上了。艾伯纳没有去洗手间，回头从会议室里拿出包，顺着楼梯快步下去，推开大门，走了出去。

　　他回到怀特港，非常无奈地拨通了艾力克的电话。

　　"艾力克，最近可好？"

　　"还不错。"

　　"你是在说你自己还不错？"

　　"不然呢？"

　　"那瓶红酒呢？"

　　"噢，那个……我还没来得及品尝。"

　　"非常好。"

　　"什么？你之前尝过？非常好？"

　　"我是说你还没有打开我送你的那瓶红酒，这件事非常好。"

　　"什么？"

　　敏锐的艾伯纳从艾力克的话中探出了那瓶酒看似已经不在他手里，于是说："艾力克，你在我们银行有逾期利息没有还。"

　　"你在说什么？"

　　"总之，限你四十八小时之内还上利息，否则，我将会收回上次送你的那瓶红酒。"

　　"艾伯纳，艾伯纳……"

　　电话被艾伯纳挂了。

　　艾力克立刻拨通埃文斯兄弟银行的客服电话。

　　"早上好！请问有什么需要帮助？"

　　"你好！我的客户号是5617009QX，请帮忙查一下我有没有逾期利息？"

　　"请输入密码。"

艾力克在手机屏幕上按下了几位数。只听对方答道："是的，你有。"

"噢，不！哪项贷款利息？欠的利息金额是多少？"

"是的，你有。"

"Hello！你是谁？你是人工服务吗？"

"是的，你有。"

"你的名字就叫'是的，你有'？"

"你的名字叫艾力克·杰克逊。"

"谢谢，我当然知道我的名字叫艾力克·杰克逊。"

"请转人工服务，再次感谢！"

"对不起，呼叫人工服务正忙，请等待……"

半分钟过去了，仍旧无人接听，艾力克"啪"的一声挂了电话，气哼哼地念叨："艾伯纳这个老东西又在搞什么？"

艾力克挂了银行的电话后，仔细回想着，艾伯纳是为了维护与自己这个客户的关系才不断赠送礼物，这次之所以送给自己一瓶红酒是因为自己刚购置了新房，贷款就是从埃文斯兄弟银行申请的，为他们增添了一笔业务。他的确曾经说过这瓶红酒很珍贵，在市场上见不到。他这么急于要回去，看来是遇到了麻烦。艾力克无奈地去找李海侨。

"亲爱的，上次那瓶红酒，非常抱歉，我要收回。"

"真不好意思，我送给 Lyndon 了，上次他来的时候我正好送给他，因为我几乎不喝酒。"

李海侨看着艾力克布满失望的脸，说道："你不高兴了，实在对不起。"

"不，你没做错什么，我是在想那酒还能不能要回来。"

艾力克越想心里越不安，"嘿，请给我 Lyndon 的手机号码，我要亲自找他。"

李海侨疑惑地看着他，"这个……"

"不关你的事，我来和 Lyndon 解释。请把他的手机号码给我，谢谢！"

李海侨掏出手机，搜出厉玄的号码念给了艾力克。

艾力克迅速拨打过去，可是没有接通，"怎么关机了？"他点了中断键后，又重新拨了一遍。

"哦，我想起来了，他回国了。我这么忙，又是突然听你说这些，就把这事给忘了，其实他已经回国了。"

"哦，不！亲爱的，你是否能找到他？"

"我要问一下我的妹妹。"

"非常感谢！那我等你的消息。"

"好的。"

李海侨这段时间依然很忙，他只听说厉玄又回国了，海伦正好趁机抓紧时间复习，却并不清楚他俩之间发生了什么。他向海伦说明情况后，海伦一口答应下来。虽然答应哥哥的时候海伦并没有犹豫，可是，当她在 skype 上见到厉玄时，她一下子不知所措了。一上来该对他说什么？又怎么往下说？之前她都紧紧地抓住每一次机会主动和他说话，而自从那顿晚餐过后，如果再去和他说话，真的难找理由，也毫无意义。她思索一番后，呼叫了对方。

"喂！"

果然是他的声音。

"Hello！Lyndon。"

"你好！最近还好吗？"

"还好。"

"马上就考试了吧？准备得怎么样？"

"还好。"

海伦确定他没有话再对她讲了，清了清嗓子，说道：

"Lyndon，我们有点事情想拜托你……"

海伦如实地讲了起来。

"这么着急？"厉玄听后也有些意外。

"是啊！"

"我一时半会儿还回不去。"

"可我哥哥说艾力克显得特别着急，想要立刻拿回那瓶酒。我哥哥也搞不懂是怎么回事，一瓶红酒而已。他说艾力克想和你直接通话，介不介意我把你的 skype 给他，他单独和你说。"

"可以……"厉玄犹豫片刻，马上又改口，"噢，不，不用了，你告诉艾力克，我会想办法尽快把酒还给他。"

厉玄顾不上和海伦多聊，匆匆说再见后，中断了通话。他看了看时间，用手机给 CEO 发了条消息："老朋友你好，我是 Lyndon，有事情咨询你，请问大港有没有换门锁的服务公司，我需要换房子的门锁。"

不一会，回复信息来了，关于服务公司的一串信息包括网址、联系方式，以及 CEO 的留言："这个公司常为我们的社区服务，多年来一直很安全。如果你愿意的话可以试试。"

"非常感谢！"

"哦，还有，你那位中国朋友在我们公司干得不错。"

"我的朋友？"

"有个叫 Chun 的女孩，你认识她吗？"

"认识，她在你们公司？"

"是的。你不知道吗？维卡斯把她介绍给我们。他特意告诉我们这位是亚洲海洋会计师事务所重要客户厉玄先生的朋友。"

"哈哈！"厉玄看后顿时开怀大笑起来，之前仿佛一直有块石头压在他心头，此时看到 CEO 的信息后，石头一下子落地了。他与 CEO 通完信息又马上用微信与海莼视频通话，"Hello！"

"Hi！"海莼接通了视频，回复着厉玄。

"干吗呢？"

"正在看电视。"

"幸亏临走前加了你的微信。"

"有事吗？"

厉玄突然又大笑起来，搞得海莼莫名其妙，对着手机说道："你这个人怎么总是突如其来？"

厉玄继续笑个不停，海莼只得听着。大约半分钟后，笑声止住了，厉玄认真起来。

"有点事想拜托你。"

"什么事？"

"上次你在我家见到的那瓶红酒还记得吗？"

"记得。"

"我现在要把它还回去。"

"嗯。"海莼好似明白又不太明白地应了一声。

"我还在国内，一时回不去，拜托你帮忙还回去。"

"我？"

"稍等，我接个电话，回头再找你。"

"海莼女士，我们现在要在指定区域连线中国的厉玄先生，整个过程需要我公司、厉玄先生和你三方相互配合完成。请问你是否同意？"

"我同意。"

"你好！厉玄先生。"

"嗨！你们好！"视频中的厉玄高兴地打招呼。

"厉玄先生，我们现在指定区域连线你，整个过程需要我公司、海莼女士和你三方相互配合完成。请问你是否同意？"

"我同意。"

"好的，现在开始。"

海莼按下厉玄的房门密码，门打开了，她走进去，直接走到客厅的酒柜位置，取出那瓶红酒拿在手里，然后走出房子，把门关上。

"请问厉玄先生你能否通过视频看到刚才所进行的一切？"

"一切我都看到了。"

"请再次说出今天的日期与此刻的时间。"

厉玄对着屏幕说出当天的日期与时间。

"好的，现在我公司要为您的房门锁安装人脸识别系统。厉玄先生的面部信息我们之前已收集，现在我作为公司技术人员开始为您安装。"

"好。"

海莼手里拿着那瓶红酒一直站在指定区域。厉玄一直盯着视频。五分钟后，技术人员接着对海莼说："海莼女士，请你再按一次房门密码。"

海莼走到门前，又按下密码。

"请试着开门。"

海莼推了几下门，推不开。

"厉玄先生，请将你的脸对准房门上新安装的镜头。"

厉玄把脸又向屏幕贴近，这下海莼就把房门推开了。

"太好了！"厉玄高兴地说。

"请海莼女士和厉玄先生二人将刚才的过程再相互配合进行一次。"

他们重新来了一遍，直到海莼再次把房门推开。

"哦，太棒了！这的确比直接换门锁要好，谢谢你们！"厉玄夸道。

拿到酒后，海莼双手一直紧握着，快步走回公寓。她预感这酒的背后发生了故事。一进门，来不及换鞋，便迅速跑上楼，把酒摆在桌上，又从箱子里面拿出史密斯家赠送的那瓶礼物，同样摆在桌上，她仔细对比了酒瓶和标签，果然是标签上的字体大小不同。她要尽快联系波文，刚一拿起手机，厉玄的呼叫就来了。海莼本不想接，可呼叫声一遍一遍地不停响着，她只得接通了。

"你在哪里？"厉玄焦急地问。

"我刚到家。"

"酒拿回去了？"

"你看，在这儿。"海莼把镜头对准红酒，给厉玄看。

"很好，刚才真是麻烦你了。不过接下来，你要按我说的做，一会儿，我给你发过去一个地址，你按照那个地址把红酒寄回去。直接去邮局寄，安全保险，注意，千万别把酒弄坏。"

镜头里始终是那瓶红酒，厉玄看不到海莼的脸，问道："你在听吗？"

"我在听。"

厉玄听后，停了几秒，又问："愿不愿意帮我这个忙？"

"好。"

"你办完之后能不能先告诉我一下。"

"先这样，挂了。"

海莼结束了通话，立刻给波文打电话，"Hello！我是莼。"

"你好！很高兴听到你的声音。"

"你现在忙吗？"

"不忙，有什么事？"

"我想接通视频，给你看样东西。"

"当然可以。"

"看，这就是我上次和你说的那瓶红酒。"海莼说着把镜头慢慢贴近酒瓶上的标签。

"它在你家？"

"是的。"

"你要保证它一直在你家。不要让它跑掉。"

"我恐怕不能保证。"

"一定要保证。接下来由我来处理。"

"再看，这是我从 party 上得到的红酒。"海莼又把镜头慢慢贴近酒瓶上的标签。

"很好。我确定，那瓶就是今年第一季度 party 上为客人准备的那批礼物。我想，我几乎已经弄清了事实。"

"波文，我朋友让我尽快把它邮寄给他的朋友。"海莼说着，见到手机屏幕上弹出个微信信息。"哦，我朋友刚发来的邮寄地址，收件人是艾州科技园的艾力克·杰克逊和海侨·李。"

"莼，请记住我的话，一定要保证它在你家。我会再联系你的。"

厉玄一直没有等到海莼的微信回复，她把红酒寄出去了吗？怎么一直没有回复？他迫不及待地又用微信呼叫海莼。响过几声后，仍然没有接通。他有些琢磨不透，又预感不出什么。

不一会儿，手机响了，是海莼，她终于回复了。

"Hello！"厉玄通过视频跟她主动打招呼。

"Hi！"

海莼披散着头发，湿漉漉的，身上裹着一件白色睡衣，倚在床上。

"红酒我没有寄出。"

"是吗？"

"我现在不能那样做。"

"好，随你。红酒的故事我并不感兴趣，我不感兴趣它的来源与去向。它本就不属于我。我所关心的是，你在关心什么？"

"你对我的信任，我非常感谢。"

"你感谢我。"

见海莼好像不知要说什么，他又重复问一遍："你关心的是什么？"

"我对那红酒的去向，还是很关心的。所以我不想随便寄出，我希望能够物归原主。那两个收件人并不是它真正的主人，它不属于科技园那里。"

"好，我所关心的是你在关心什么，但你对我讲出的这些，我并不感兴趣。"

"你对我的信任，我非常感谢。"海莼又重复了一遍。

厉玄无话可说，干脆地断了通话。海莼的脸顿时不见了，厉玄坐在办公室里，对着一片黑屏幕呆呆地望了一会儿，心真的累了。他闭上眼睛，海莼那湿漉漉的头发和白色睡衣又浮现出来。想着想着，肚子饿了，是谁带来的这阵饥饿？是海莼？是时间？他看看时间，已经很晚了。他的肚子愈发地饿，如果海莼真的在他对面，他恐怕要……

他匆匆收拾好东西，准备开车回家。刚一上车，手机响起，显示"岑晓"，厉玄马上接通，"喂，岑行长，你好！"

无人回应。

"喂!"厉玄又说了一句。

十几秒后,对方的声音响起。

"岑晓辞职了。"

厉玄听后一惊,刚要张开的双唇像是被重击了一拳后立刻紧闭上,不知怎么接下一句话。对方是谁? 听不出是岑晓的声音,可号码显示仍是他的。

"但一切照旧。"对方又传来了一句话。

"是指贷款方面?"厉玄小心地问着。

"人也照旧。"对方并没有直接回答厉玄,又接着说:"进而复活。"

"听着像铁拐李借尸还魂。"厉玄回复着,想要接着再问,电话被对方中断了。

厉玄开始发蒙。他又回想了一下刚才的通话内容,对方和自己说的每一句话,每一个字。他向四周看了看,车里车外,没什么异常。他又回想了今天,近几天,近一个月都没什么值得推敲的事情发生。不,好像有。岑晓给自己的卡,那天晚上要还给他时,他并没有接。他也从未约过自己到他们银行里见面,都是在银行以外。前些天听到 AA 鞋业说贷款问题不大时,他心中一喜,可刚刚的这个电话令他开始担忧起来。AA 鞋业与霖瀍银行之间到底还发生过什么?

岑晓自从和自己见过面后,感觉他一直在把自己当成客户,一直在努力满足自己所提出的需求。他似乎也认同自己对霖瀍银行的看法。不,未必是。霖瀍银行难道真是条小船? 岑晓开起来真的比大船简单? 遇到风浪后掉头真的容易? 他接手 AA 鞋业这项贷款业务是否仅仅为了提高中小微企业贷款比例? 贷款业务会不会被破坏或抢占? "树形象 求突破"是否能贯彻始终,坚持到底?

厉玄突然想起了李海侨,那晚在艾州科技园他对自己说过的话。

他感到手心有汗，搓了搓手，车里很闷热，他打开车窗，又接着回想刚才的来电，"辞职"本意为主动，岑晓是不是主动离开？人照旧，人复活，是同一个人还是两个不同的人？对方对自己的问题没有回答，答案是肯定还是否定？所有一切为什么让自己知道？还有没有别人知道？

厉玄只能不动声色地继续推敲周围的一切。推敲，推敲，再推敲。

第十一章

投资洽谈会

离投资洽谈会开始的时间越来越近了，艾伯纳既兴奋又无奈，红酒始终没有要回来，他特别失望。史密斯家族一直没有什么举动，难道只有波文一人知道这件事？可波文哪里有能力打探得这么多？虽然他年纪也不算小了，但是在他们家里，他只能算是个小孩子。史密斯家族一定知道了情况，他们接下来要怎样？艾伯纳越想越感到不安。就在会议开始的前一天晚上，艾伯纳又接到了波文·史密斯的电话。

"最近好吗？埃文斯先生，我们上次说的那件事进展得怎么样？"

"进展得怎么样呢？"埃文斯打了个哈欠问着自己。他感觉到对方一直沉默着没有说话，又故作轻松地说道："现在是夜里十一点，已经到了休息时间，可不可以换个时间再谈。"

"期限已经过了。"

"波文，那个期限是你随口说出的还是有什么依据？"

"没有依据。"

"那可不可以，我是说，你可不可以再多等几天？"

"几天？"

"十天，哦，或许还可以更短。"

"十天？有什么依据？"

"波文，你知道，明天，投资洽谈会就要开幕了，我真的很忙，请再给我些时间好吗？你一定要帮我这个忙。"

"埃文斯先生，你还需要什么帮助？"

"你的意思是……"

"除了帮你再宽限，请问你是否还需要其他帮助？"

"这个，嗯……我想……应该是的。"

"如果有人帮你还回了这瓶酒，你是否觉得应该感谢她？"

"当然。"

"你怎么感谢她？"

"她？你刚才说她？"

"是的，你打算怎么感谢她？"

"我认识她吗？"

"我不知道。"

"这……"埃文斯正要开口，对方已挂断了电话。

7月初，艾州科技园的投资洽谈会如期举行，阳光不曾改变过，依旧明快灿烂地照着，园区内那些身轻如燕的小房子们个个显得精神抖擞，仿佛在迎接客人们的到来。蘑菇房的那扇玻璃门永远向着太阳，前台接待桌依旧布满了阳光。不过，工作在蘑菇房里的那位金发女孩此时并不在这里，今天她仍然负责接待工作，工作地点则换成了会场。她早早地来到会场门口，准备迎接来自世界各地的客人们。一头金色的长发在阳光下闪闪发亮。

"叔叔，真的是你！"女孩第一眼见到一位客人，便激动地拥抱起他。

"Hi，珍妮！你好吗？"

"我当然很好。你哪天来的？"

"我昨天下午下飞机后就住进了艾州科技园。"

"你住在哪个区？"

"我住在 A 区的 6 号房子。"

"哦，太好了。那里离会场很近。"

"是的，所以我今早似乎是第一个来到会场的人。"

"果然只有你一个人来参加会议？"

"是的，很遗憾你的父亲还有家族里的其他亲戚都不能同我一起来参加会议，他们在瑞士还有很多工作要做。你和你母亲在这边过得怎么样？"

"我们很好。"

"今年圣诞节欧勒家族准备搞一个庆祝活动，比往年的都大。你们母女二人一定回去参加。"

"听上去棒极了！我准备下个月就去向老板请假。"

"圣诞节一定要回去。你父亲当年来这里度假，邂逅了你那天使般的母亲，被她迷住了，可惜你母亲不愿意常年住在瑞士。"

"我们不是每年都回去吗？"

"那又怎样？每年只有一次。"

"我非常羡慕父母的爱情和婚姻，我和男朋友准备结婚了。"

"什么？你交男朋友了？"

"是的，叔叔。"

"从没有听你父亲讲起？"

"我昨天刚刚告诉他。"

"难道你男朋友也在艾州？"

"是的，他出生在这里。"

"哦，天啊！珍妮，请记住，你永远是欧勒家族的一员。"

"我当然会记得。叔叔，请不要为我担心。"

珍妮说着，亲自将叔叔送进会议室，又马上回来迎接客人。

离会场不远处的小路上走着两位西装革履的男人，他们一老一小，年轻人搀扶着父亲向前走，临近会场时，他突然放慢了脚步，脸上也随即绽放出喜悦的笑容。

"亲爱的！"年轻男子自言自语起来。

他身边的老人扭头看看自己儿子的脸，问道："你在叫我吗？"

"爸爸，请朝那边看。"

老人随着儿子的眼神看过去，问："怎么了？"

"你觉得那姑娘怎么样？是不是像个天使？"

"也许是的。"

"她是我未婚妻。"

老头听完儿子的话，瞪大了眼睛，把眼镜向上推了推。

"詹森，你从小就有说梦话的毛病，这都怪你的妈妈，总是在睡前给你讲太多的童话故事，使得你至今一见到漂亮姑娘就叫她天使，今天居然还要和那样一个陌生人结婚。"

"怎么是陌生人？爸爸，我们认识好久了，我们彼此深爱对方，并且已经订婚了。"

"什么？"老人大叫了一声，眼镜也跟着滑落下来，幸好让高大的鼻子接住。他再次将眼镜向上推了推，指着那姑娘问："她是谁？叫什么名字？"

见詹森不肯说，他直接大步向前走起来："好吧，我自己过去问她。"

"哦，不，爸爸。"詹森拦住老人，"爸爸，一会儿我先过去，等我走进会场，大概十分钟后，你再过去。"

"为什么？"

"我觉得这样会让她感到舒适。如果你们就这么见面，我觉得她会感到紧张。"

"那么我在外等十分钟，你觉得我很舒适又放松？"

"爸爸，我不想你们就这样仓促地见面，请帮帮我。"

"你难道要和她在会场门口接吻？詹森，这里是投资洽谈会现场，你是来参加会议，她看上去是个接待员正在做着接待客人的工作。"

"我懂的，请放心，爸爸。"詹森说完抱着老人的脸亲了一下，便快步朝会场门口走去。

老人一直注视着他的儿子，突然大叫一声："天啊！"他捂着脸无奈又失望地转身往回走。

园区餐厅里的客人还不多，艾伯纳坐在一角匆匆吃过早餐，神采奕奕地来到会场门前。

"你好！珍妮！"

"你好！艾伯纳！"

"情况怎么样？"

"还好。已经有几位客人开始入场了。"

艾伯纳拿起入场名单记录看了起来。

"詹森·亨特已经来了。"

"是的，他刚才进去了。"

"他一个人来的？"

"是的，只有他自己。"

艾伯纳感到奇怪，正想着，一位老人走来，艾伯纳抬头一看，高兴地说："Hi！你好！"

"早上好，埃文斯先生。"

艾伯纳使劲地上去拥抱老人，二人亲热地问候起来。

"我刚才还在想怎么只有一个儿子来？难道他父亲不愿意来参加我们的会议？"

"等等，我需要登记入场。"老人要松开艾伯纳去登记。

"你不用，走，进去吧。"艾伯纳并不撒手，抱着老人往里走。老人把头转向珍妮，说："杰克·亨特。"然后被半拖半抱着进了会场。

天使般的珍妮为老人做了登记，忽然意识到，"哦，天啊！詹森的父亲。"

会议进行了三个小时，散会后，大家都到餐厅吃午餐。艾伯纳没有直接去餐厅，而是去找华德。他向华德住的房间走去，敲了敲门，没有人开。他用手机呼叫了一下，"你在哪里？"

"我在园区内的儿童餐桌。"

"你到那里干什么？怎么不去陪我们的客户？"

"我正在同技术部经理陪客户。"

"什么？"

"华德，你要不要过来见一下我们的客人，在大餐厅隔壁的小餐厅里。"

艾伯纳听后，连忙去了餐厅，找到小餐厅，见华德正在陪一对母子，母亲大概三十多岁，有些胖，雪白的皮肤，很像美国人的模样。坐在儿童餐桌前正在吃饭的男孩皮肤是黄色的，模样也不完全像他的母亲。

华德见艾伯纳来了，忙说："我来介绍一下。这位是前段时间在埃文斯兄弟银行美国分行开户的客人 Zhang 先生。这位是埃文斯兄弟银行创始人也是我的兄长艾伯纳。"

"你好吗？见到你很高兴。"艾伯纳向男孩打招呼。

"你好！见到你我也很高兴。"男孩也大方地和艾伯纳打起招呼。

"你几岁？"

"四岁。"

"你父亲在哪里？"

"他回中国了。"

艾伯纳伸出右手，对他说："欢迎你加入埃文斯兄弟银行。"男孩也伸出他沾满番茄酱的右手，和艾伯纳握了一握。

"多可爱的孩子！"艾伯纳对孩子母亲说。

"谢谢！"

"孩子的父亲是中国人？"

"是的。我们很早就在美国认识彼此，十年后有了宝贝。"

"如此长的时间！孩子的父亲在美国也很久了？"

"是的，他在美国十多年了。"

"他从事什么？"

"他一直做美国和中国的进出口生意。这次，是朋友介绍我们在埃文斯兄弟银行开了亲子账户。"

"作为我行的客户，我们会为他们提供最便利的服务。"

"谢谢！"

"Zhang 先生目前在中国？"

"是的。"

"真的吗？我一直很想去那里看看。可惜，没有中国朋友在那边。"

"如果你愿意，我可以介绍你们认识，让他为你当导游。就像华德先生一样，这次旅行，他照顾得相当周到，我们非常感谢他。"

"不客气。"

简单聊过之后，艾伯纳起身要出去，华德在门口得意地对他小声说道："这就是我们的第十六位中国客人。"

艾伯纳走出小餐厅后，又在大餐厅里见到了随华德一起来的技术部经理和他打招呼。

"艾伯纳，好久不见。"

"你好！"

"艾伯纳，请跟我来。"

经理把艾伯纳领到一桌人面前，向大家介绍："这位就是埃文斯兄弟银行的创始人艾伯纳·埃文斯先生。他亲自来见我们美国分行的客户们。"

"Hello！大家好！"

一桌人向艾伯纳打招呼，亨特父子也在其中。他们正在和身旁的一位中国客人热络地聊着。艾伯纳心想，这父子俩果然和客人坐在了一起，他仔细听着他们的谈话，是在谈红酒出口给中国的业务。

"Fang 先生，我们的红酒产地在艾州，与怀特港相连，我的儿子詹森就工作在怀特港埃文斯兄弟银行的总部，是他的员工。"老亨特指了一下站在桌前的艾伯纳，接着说，"如果你在这里开账户，我们将来会很方便往来贸易。"

"如果的确像你所说的那样，我愿意再一次成为埃文斯兄弟银行的客户。"

"那真是太好了！非常感谢 Fang 先生。"艾伯纳高兴地说。

有说有笑的大餐厅里坐满了人，中餐区前方的座位上坐着两位中国男人，他们只盯着自己的饭菜，一口一口地吃着，几乎没有交谈。不一会儿，二人都吃完了，站起来一前一后快步向外走。前面那位个头中等，胖瘦适中，相貌在中国人里算是居中，不好也不坏。跟在后面的那位，年轻一些，也瘦一些，个头超过了前面那位。他俩走到住宿区域的一栋房子里，来到一扇门前，轻轻敲了敲门，门开了，一直站在前面的男人微笑着说："马先生，您好！我是中国AA 鞋业的负责人。"

"你好！你就是汤总？"

"我是，幸会。"

"请进。"马耳亿请二人进屋后，接着说，"我把 AA 鞋业的情况已经向 TTM 公司介绍过，他们对 AA 鞋业表示出极大的兴趣，并且觉得你们很适合与他们合作。"

"这次日本客人也来了？"

"当然来了。我们知道他们来参加会议，所以也跟来了。"

"马先生能否帮我们约一下？我们想当面和他们聊聊。"

"我看现在不合适。你也知道，我们投行和其他同行一直在竞争，争取这个客人能够选中我们作为这个项目的财务顾问。可目前，还没有见分晓。"

"还不确定？"汤总面带失望地问。

"不确定。你没看到吗？今天还有人一直围着客人转，那是我们的竞争对手。知道客人来参加会议，也跟来了。不过，我想很快会有结果。"

"我以为你们已经成了。"

"如果我们真被选中，我会帮你和他们约时间见面，估计就这两天了。"

"如果日本公司被成功收购，他们是不是，简单讲，就是说话还算不算数？"

"算数，但不全算。"

二人见过马耳亿后，走出房子，中午的阳光特别强烈，于是都戴上了墨镜。

"汤总，接下来要不要给欧勒先生打个电话，和他约时间见面？"

"你等一下再打，我在想，冒昧给他打电话合不合适。"

"汤总，时间很紧，会议和其他活动加起来只有一周，也不知道欧勒先生要在这里待几天。万一他提前离开或者安排了别的事情呢？我觉得咱们还是尽早联系他，抓紧一切时间。"

助理兼翻译见汤总的手机一直放在口袋里，也没有要拿出的意思，接着说："汤总，你朋友能够弄到欧勒先生个人的手机号，真是不容易，我们应该珍惜这个机会，打个电话试试，一目了然。就像刚刚亲眼见过马先生，确有其人，确有其事。如果用那个手机号联系不上，我们马上再想其他办法联系他。"

汤总一边听，一边看着路边的地图，说："走，咱们先去园区接待处。"

助理跟着汤总来到蘑菇房，天使珍妮站在接待桌前，见到有客人进来，热情地说："你好！有什么可以帮你？"

"你好！我们是来参加会议的。我们想见一位客人，请问可不可以帮我们预约。"汤总摘下墨镜，亲自对接待员珍妮说道。

"当然可以，请问你们要见哪位客人？"

"来自瑞士欧勒新材料公司的里昂。"

珍妮一听，忙问："请问你们叫什么名字？能否出示一下证件？"

"可以。"汤总随即出示了护照。

"你们来自中国 AA 鞋业。"珍妮从系统中搜出了信息，与汤总确认着。

"是的。我们还有位朋友名叫 Xuan Li，他也报名了，可是因为有事，他这次没有来参加会议。是他介绍我们来与里昂见面。"

"原来是这样。Li 先生在 4 月份时候就报名了，我还记得他。"

"是吗？"汤总听后笑了，接着说，"你能不能现在帮我们与欧勒先生预约，我们很想和他见面。"

"当然可以。不过据我所知，他今天和明天都没有时间了。"珍妮说着用手机拨电话："叔叔，你好！我要帮两位中国客人和你预约时间，他们很想见你。"

"是不是 AA 鞋业？"对方问。

"是的。"

"我想，我大概要在第五天才有空余时间。"

"好的，请稍等，我问一下他们。"珍妮放下手机对两位说："里昂听说过 AA 鞋业，但他要到本周五才有空余时间。请问可以吗？"

助理一听，刚要开口说话，被汤总拦住，笑着说道："好吧，本周五早晨可以吗？"

"Hello！本周五早晨可以吗？"珍妮又举起手机问道。

"好的，我们可以一起吃早餐。"

"他说周五要与你们一同吃早餐，你们觉得怎样？"

"太好了，谢谢！"汤总笑着说。

"几点钟见面？"助理快速插了一句。

珍妮又问里昂具体约见时间。

"他说周五早晨八点半在餐厅门口。"

"好的，好的。"

从接待处出来之后，助理依然有些担心地问："汤总，要等到周五？太晚了吧？"

"那怎么办？"

"要不要和他商量一下，今明两天挤出一些时间来。"

"厉玄可真行，真能扯关系。"

"啊？"助理一愣。

"你刚才听到她喊什么了吗？"

"我听到了，那女孩喊了声叔叔，而且她还是用自己的手机打过去的。"

"厉玄可真行。"

汤总又自言自语地念叨一遍，扭头一看，助理脸上的墨镜一直没有摘，头也不回地直直往前走，便无奈地摇了摇头，朝里面那女孩的脸又定睛看一遍，完全记住了她的面庞，然后，戴好墨镜，迎着强烈的阳光向前走去。

　　马耳亿和同事这几天一直耗在这里，团队能做的都已经尽力去做了。什么时候能够有个结果？这段时间他一直就像个接收指令的机器人，下一件事情需要做什么该怎么做全部根据发给他的指令执行。至于为什么，不容他多想，尽管他在试图归纳条线，梳理思路，连接前因后果，可是，他仍然觉得眼前是黑的。

　　已经到了周五早晨，马耳亿起床后去洗漱，耳朵却一直听着手机，不敢忽视。时间一分分地过去，终于，在他换好衣服，准备去吃早餐的那一刻，手机铃声响起，指令来了。他忙接通电话，对方传来了声音：

　　"应聘结果已出，我们被录用，继续工作，但要以防不测。"对方特地用中文说出"以防不测"四个字，虽然语调有些异样，可马耳亿听得很清楚。

　　只有这一句话，说完后，电话自动断了。马耳亿立刻走向同事的房间，作为团队负责人转告他们："结果已出，我们被录用，请继续工作，拜托各位了。"马耳亿说完又走回自己的房间。他并没有把指令中的"以防不测"传递给大家，而是自己在斟酌着。他快步走出房间，向外走去。住宿区域都是一座座低矮的简易小房子，他来到另一所房子里，看见 L1-7 房间开着门，门口摆着一辆清洁推车，他走到房间门前，有位清洁工正在里边打扫房间。

　　"你好！"

　　"你好！有什么需要帮你？"

　　"请问 L1-7 客人退房了？"

　　"是的。"

"这是个双人间？"

"是的。住在这里的那两位客人早晨就退房了。"

"是不是两个日本人？"

"是的，是两位日本客人。"

没错，竞争对手的确已经走了。马耳亿的心安下一半，带着另一半忐忑的心走出了房子。竞争这个项目的最大对手，就是已经走了的那个日本投行团队。还有什么人要防，还有什么不测要预测？马耳亿一边揣摩，一边向餐厅走去。

汤总和助理两人早已在餐厅门口等候，他们仔细地盯着从外面走进去的每一个人，等待着那个里昂出现。临近八点半，果然从远处走来一位高老头。汤总默不作声，看着站在身边的助理。老头越走越近，马上要走进餐厅了，这时，助理猛然间意识到，他向老板看了一眼，发现老板正盯着自己，便连忙走上前，准备拦住老头。

"你好！请问是欧勒先生吗？"汤总微笑又客气地与老头打招呼。

"是的。"

"我们是中国 AA 鞋业。"

"你好！"

"通过我们的中国朋友厉玄介绍，很高兴认识你。"

"我也是，谢谢！"

双方走进餐厅，盛好各自的饭菜后，共同坐在一张桌子前。

"听说欧勒新材料公司有意在中国大陆开发市场，正在物色合适的企业，我们 AA 鞋业常年从事鞋子生产，皮鞋、休闲鞋、运动鞋，我们的产品优质，常年出口海外，与欧美等国家都有着良好的合作。同时，我们在国内布置了销售网络，物流配送是我们的优势，具体的统计数据都在这些资料里。"汤总对里昂介绍着，把助理准备出的资料拿给对方看。

"这是今年上半年的营业情况？"

"是的。"

"净利润还不错，不过债务有些多。"

"是的，这些债务里有相当一部分是用于产品的更新。我们公司重视技术，一直把技术创新放在首位。"

"好的，我会尽快把你们的详细信息发给我们家族的市场调研团队，他们会到中国以及 AA 鞋业公司做进一步的考察。"

"我们非常欢迎欧勒新材料公司光顾我们 AA，了解我们 AA。我们真心希望能寻找出与欧勒新材料公司合作的途径，我们愿意与欧勒新材料公司商谈，开出最优惠的条件，尤其在网络营销以及物流配送方面。"

"好的，谢谢！"

"我们期待着能在中国见到欧勒新材料公司团队。"

"其实，我们正在与日本一家公司谈收购，如果双方能够谈妥，并购成功之后，我们会开始发展中国市场。"

"如果是那样就太好了。这是离我们公司不远的一家四星级酒店，设施环境都非常好，安排旅游观光也非常方便。"助理一直为双方翻译着，说到这里，特意指给老头资料最后一页打印的地图。

"哦，真的吗？"

二人和老头热络地聊起了景区风光，介绍起了中国。

马耳亿坐在餐厅的角落里，早就看到了欧勒先生和汤总。不过，他暂时要回避他们，他的脑海中仍旧在不停琢磨今早接到的那个指令，不放过周围发生的每一个细节。

周日一早，园区行政管理办公室内一片忙碌，今天是洽谈会的最后一天，办公室的工作人员既兴奋又懊恼。今后终于可以恢复正常秩序了，可是会后的收拾也要着实一阵忙才能完毕。

"梅根，非常感谢埃文斯兄弟银行的积极配合，这次会议举办得非常成功。"行政管理办公室的负责人来到梅根面前对她说。

"不客气，在园区的这段时间让我感到非常开心。真不舍得离开和我一起工作的这些同事们。"

"请跟我来一下。"

"好的。"梅根随负责人来到一间小办公室里。

"梅根，这个是你在园区行政管理办公室工作一周的薪水，我从财务部替你领回来，请收下。"

"非常感谢！"梅根微笑着接过负责人递给自己的支票，正要走出办公室，负责人又对她说："一会儿，请通知这次洽谈会的中餐供应商，晚餐改在中午进行，埃文斯兄弟银行要用中餐招待一些来自美国的客人，总共用餐人数不超过十位，记住，中午十一点必须准时开饭，因为十二点之前客人就会离开，上菜速度要快。"

梅根听后，脸上依然保持着不变的微笑，轻轻说了一声："好的，我马上去。"

餐厅里的中餐厨师们忙碌了起来。

"迈克，菜单你再确定一下。"

黄祖遥扫了一遍菜单，对一位厨师说："菜要保证十分钟内全部上齐。"

"没问题。"

"再添一盆炒饭，中午十一点客人准时到，抓紧时间。"

"好的，放心。"

黄祖遥说完，就走了出去。不一会儿，推着一台机器回到餐厅，笑着对大家说："这是参加会议的一个商家向我推销的人工智能炒饭机，我把试用品拿来体验一下。"

"迈克，我们没有用过。"

"炒饭我来用它亲自准备，大家忙自己的事情吧，这次我能够成为洽谈会的中餐供应商，真的要感谢大家，你们做得都很好。"

中午十一点，一群人来到餐厅，在摆好的大长桌子前坐了下来。一道道菜上过后，坐在当中的华德首先说起来："非常感谢 TOP C 集团旗下 TOC 投资机构的配合，到目前为止一切都在按照计划进行着。"

"计划？不，我们从未有过任何计划。决定完全是有感而发。非常感谢艾州政府、埃文斯兄弟银行发起的这次洽谈会以及艾州如此棒的天气，到目前为止一切都很顺利。"机构负责人纠正着华德。

"我们是否可以认为埃文斯兄弟银行美国分行成功地被聘为 TOC 这次购买股票的代理中介？"华德紧接着问。

"我机构市场部看重了亚洲新材料技术的市场前景，所以提议机构挑选这类公司购买其股份，不是吗？"负责人边说边向大家看去，双眼顿时如鹰般凝视着他的团队，等待着他们的回应，在座的人立刻附和起来："是，当然是这样。"负责人听后，面露满意，将脸转向华德，说道："日本 TTM 是我们感兴趣的企业，但愿埃文斯兄弟银行能够承担起这个重任。"

"谢谢！我行接下来推出的套餐服务也一定不会让 TOC 失望。"

二人举起了酒杯，同桌的其他人也跟着举起了酒杯，一桌人庆祝了起来，开始享用美味的中餐。

"虾仁炒饭！"黄祖遥端来一大盆炒饭摆上桌，满面笑容地对大家说，"欢迎品尝由德菲公司人工智能炒饭机制作出的虾仁炒饭。"

华德笑着说道："听说先生爱吃中国菜，我特意安排了这顿中餐。"

负责人听后笑笑，说："这是否就是套餐的开始？"

"哈哈！先生可以这样认为。"

负责人开始品尝炒饭，黄祖遥正站在他对面，透过墨镜，他突然感觉对面坐着一头鹰，叼了一口，又一口，一口接一口。

其他人都纷纷拿起勺子品尝起来，不停地赞道："美味！""太好了！"

华德对着黄祖遥竖起了大拇指，戴着墨镜的黄祖遥慢慢地抬起右手，回了一个手势。华德见后虽面带笑容，可心中却在琢磨着其中的意味。

下午四点钟，餐厅还没有开晚餐，马耳亿第一个来到餐厅。即将收拾完东西准备离开的黄祖遥见马耳亿这么早来，有些奇怪，便用英文问道："你好！你的客户呢？没有和他们在一起？"

"今晚我一个人享受晚餐。"马耳亿一边用英文回复着，一边向黄祖遥身后望去，"今晚都有哪些菜？"

"对不起，今晚餐厅不安排中餐。"

"真的吗？我上午好像听到你们在炒东西，还闻到一股菜香味。"

黄祖遥笑了笑。

"为什么晚上没有中餐？"马耳亿用英文接着问。

黄祖遥继续敷衍地笑着，不说一句话。

"回答我的问题，为什么晚上不安排中餐？"马耳亿的嗓音提高了一大截。这一喊，华德出现了。

"发生了什么？"华德不知从哪里大步走过来，"先生你好！请问有什么可以帮你？"

"不好意思，我只是在问这位厨师为什么晚上不安排中餐？"

"晚上不准备中餐吗？"

"到目前为止，七顿中餐都已安排完毕。华德先生如果没有需要的话，我们今晚就走了。"

马耳亿听后，说："原来是这样。好吧，今晚我就再接着享受那些沙拉寿司们。日比野寿司和在日本吃到的寿司味道一模一样。华德先生今晚在哪里用餐？"马耳亿双眼紧盯着华德问道。

"我，我想我也会来的。"

"你不是已经来了吗？"

"哦。"

"你已经站在餐厅里了。"

"哦，是的，我已经来了。哦，已经四点了。"华德说完，不知所措地快步离开了。

黄祖遥见华德走了，忙改用中文客气地问："是马先生？"

"你知道我？"马耳亿恢复了原有的模样，冷静地说。

"客人的名单我见过，尤其对中文名字记得熟。你叫 Er Yi Ma？"

"是的。"

"你的耳朵的确好用。"黄祖遥一边若无其事地收拾餐具，一边从牙缝里挤出了一句，"今晚这第七顿中餐已经被那家伙招待一群美国佬了。"

当晚，TOP C 集团旗下的 TOC 投资机构负责人泡过热水澡后，穿着睡衣从浴室出来，倚在沙发上，做了个深呼吸，"终于结束了，好在一切顺利。"

"是的，先生。"助手微笑着答道。

"我要赶快汇报一下我们取得的成果，哦，应该是阶段性成果。"

"为什么是阶段性？还要继续什么？"

"我们在艾州的任务完成了，接下来要看集团亚洲区的了。TOP C，最顶端的，就像那天空一样高。我们一个一个，将它们，吞没，吞没……"

负责人闭上眼睛，好像是在憧憬着未来。助手站在一旁等了几分钟后，望着他那如鹰般的面庞，小心翼翼地开口问："先生，约翰·布鲁克教授的那份租赁协议……"

"我们只是投资机构，不是吗？"

助理听后点点头，接着说："虽然我们在洽谈会期间已经婉言拒绝了他，可是教授仍希望我们机构以及 TOP C 集团认真考虑签署这份协议，他甚至当面开出了免费使用六个月的优惠条件。"

"那对叫 Rex 和 Rey 的兄弟？"

"是的，并且约翰·布鲁克教授表示可以亲自提供培训。"

"艾州发生的人工智能风波一事不知集团是否了解？据说，是机器人替人赶走了人。"

"先生，我猜，等我们回国之后，仍然会不断地见到那位教授登门推销的身影。"

"请示集团总部吧。"

"好的，先生，我立刻去办。"助理放心地走开了。

第十二章

会 后

（一）

持续一周的投资洽谈会结束了，周一早晨的怀特港，天空晴朗得有些逼近人间，阳光似乎要把人间的每个地方都照耀过来，也包括那些曾被遗忘的阴暗角落。喜鹊餐厅的托尼一大早便给黄祖遥打电话。

"早！黄哥，回来了？"

"回来了。"

"怎么样？还好吧。"

"不错，我这次在会上还订了一台炒饭机，炒出的饭可好了。"

"什么？这样啊！"

"怎么了？"

"老板要炒人，他最近总是问我的主意。"

"你有没有搞错？吹牛！"

"黄哥，他信得过我的。"

"他不是人手不够吗？要不然怎么把你请回来？"

"喜鹊餐厅里的人能跟我比吗？我一个人能做两个人的事情。"

"没有其他原因了？"

"没有，不然老板他也不会那么犹豫要让哪一个走。黄哥，他要再问我，我该怎么说？"

"你自己觉得呢？"

"厨房里那两个人，Wang 的情况你也知道，老板怎么能够叫他走？他平时连厨房都不敢离开太久。还有另外一个……"

"阿孝？"

"没错，就是他。老板又怎么愿意叫他走？他做得那么好，比Wang 做得好多了。"

"他在犹豫这些？"

"是啊！一个是不能，一个是不愿。"

"有什么不愿？凭什么让他事事如愿？"

"黄哥，你能不能要阿孝？"

"我养不起。"

"帮帮忙。他有工签，做事手脚麻利不出错，又很孝顺，赚的钱都汇给他母亲。他特别不忍心把母亲丢在国内一个人生活着。"

"不要再讲了，小心让你老板知道我们认识。"

"他怎么会知道？我在家里，喂，这么早，你不是也在家里？"

"挂了。"

"哦，黄哥，还有，那个薇薇安，我搞清楚了，她的确和Wang……"

"挂了。"

兆小促不能随尼尔森回中国，她只得开始另找房子。她首先想到的是在史密斯工厂做工的那群中国工人。宁静的怀特港令兆小促一直感到极为无聊，她不断地在找热闹，本可以独处的日子却要过成嘈杂，这样她才能兴奋起来，找到快感。她住进了一对刚刚搬走的中国夫妇住过的屋子，这样就可以每天和他们凑热闹，一起吃饭，喝酒聊天。她不在乎隐私，不管是自己的还是他人的。她其实已经有了一定的条件好好保护自己的隐私，走出门去花园畅谈，关起门来就成一片自己的天地，毫无侵犯，毫无瓜葛。但她偏要去寻求那种群居中相互打探、相互撕扯牵连的快感。即使怀特港再安静，房子和人再独立，她也能在这片安静独立中过出喧闹牵扯的日子。

夜间，兆小促又要准备直播了，她把设备都弄好后，收到一段语音消息，点开听到一段话，"亲爱的薇薇安，非常感谢你的努力，你做的系列节目《金融精英海外生活》的视频受到粉丝热烈追捧，也积累了大量粉丝与人气。我们平台诚邀你参加下半年在国内召开的直播股东见面会，如资料审核通过，你将获得入股我们直播平台的资格，成为股东。"

"收到，不过我未必能抽出时间去参加见面会，可不可以网上提交资料？"兆小促故意把语气放得很平缓。

"知道，好的。另外，平台希望你再继续做一套关于海外生活见闻的户外系列视频，最好在旅游景区。"对方马上又传来了一段语音。

"可以。"

兆小促表面虽然故作镇定，可心里还是高兴不已。做完直播后，忙跑到客厅里和大家说起来。

"我要成为平台股东了！"

"金融精英，恭喜你啊！"兆小促听到这祝贺声更是乐得合不拢嘴，之前的不悦仿佛都不曾发生过。

今夜如此轻快！她像是喝了美酒，醉醺醺地走进浴室，边听音乐，边沐浴。

怀特港的夜里，下起了大雨，黄祖遥收工后，锁好店铺门，开着车子回住处。雨越下越大，黄祖遥感到车子开得有些吃力，他在路边的一处空地上停了下来，熄火后，把座椅调了调，身子向后半躺着。三十多年前的大港，也是这样一个大雨夜，还在睡梦中的他被厨房窗外的警笛声惊醒，然后就是一阵敲门声，把店铺的门敲得响极了，然后就是被警察带上警车，然后就是戴着手铐被警察押送回了中国。从坐上回国的飞机那天至今，已经过去了三十多年，他的思绪始终停留在大港的那个雨夜，抹不去。

远处真的传来警笛声，是一辆警车在雨中行驶，警笛声和三十多年前的一样，从未改变过。黄祖遥摘下墨镜，闭上了眼睛，一个人在车里，任凭车窗外的风吹雨打。

雨夜里，兆小促的屋门被推开，趁着没人，一阵手机拍摄，拍下了屋内的各个角落，然后灯又熄灭了，门被重新关好。

（二）

艾伯纳又一次住进了洲际酒店，这次不是在大港，而是在美国。他每年都要来美国分行亲自对工作进行指点。而今年，艾伯纳提前来了美国，也没有直接来找华德，独自一人先在美国度假，打算度假之后再去分行。

酒店客房里一派轻奢风，虽然奢华，却很轻。伴着黎明，艾伯纳的身心一时放松下来。他穿着浴衣，独坐在阳台落地窗前的躺椅上。当年在美国创业办分行时，租住的地方沉重又破落，他那时的身心从未有过一丝放松。华德当年还是个在怀特港自家银行各部门打杂的青年，后来到美国名校读书，毕业后在华尔街投行工作过几年。当自己把美国分行创办得稳定成熟后，弟弟便正式接管。这些年来，自己与弟弟在经营运作美国分行方面的意见总是不能一致，最好时也只能勉强算个意见大致相同，不好时甚至要分道扬镳。他一直在观望着中国大陆的大湾区、东部沿海各个自贸区，时刻了解信息动态，等待时机扩展贸易金融服务。而华德一心想把美国分行打造成投行，如果要扩展业务，亚洲的东京、中国香港才是首选。

一阵手机铃声，打断了艾伯纳的回忆。

"艾伯纳，能听到我吗？"艾伯纳接通电话后，传来了华德的声音。

"非常清晰。"

"早上好！"弟弟华德礼貌地问候着艾伯纳。

此时的朝霞已经布满天空，晨光透过玻璃窗向艾伯纳的脸照进来。艾伯纳感觉好像被迷人的一束光吻了一下，不由得说："2018 年夏天，早！"

"我是在向你说'早上好'！艾伯纳，早上好！"

"华德，早上好！"

"看来你把我排在夏天之后，听上去真糟！"华德一脸沮丧地说。

"真糟！"艾伯纳跟着抱怨了一遍，口气中还透着些自怨。

"艾伯纳，我希望你的这次美国之行愉快！不过我们说好今天讨论埃文斯兄弟银行今后的布局。"

"是的。"

"等你下周来到银行里，再和你继续谈谈我们美国分行今后的走向。"

"好的。"

"我认为，埃文斯兄弟银行怀特港总部可以继续扩大房地产业务，我们把客户群扩大，在艾州其实还有很多比较稳定的中等收入群体，甚至是低收入群体需要更适合他们的贷款服务项目，我们根据他们的需求制定产品和服务。"

"高……中和低。"

"大威尔士港分行，一定还是贸易服务产品会给我们带来更大的收益。新兴的客户群我们也很欢迎并愿意为他们服务。"

"老……新。"

"美国分行，我们仍旧欢迎那些即将上市的公司。关于这个，下周和你见面时再谈。"

"华德，你说的这些我都同意。我们很熟悉艾州，我们也熟悉大港，但要保证我们国家不受外界影响。我们国家不能受到任何影响。"

"美国对中国的贸易举措，目前多数人都认为它不会触动到我们，甚至，它看似更有利于我们。"华德骄傲地强调着。

"2018年的夏天也许是这样。2019年的秋天，2020年的春天会怎么样？北半球的春天会怎样？南半球的秋天又会怎样？全球都进入到冬天将会怎样？"

"会怎样？"华德问道。

"华德，我只是跟你提出些问题。对于你的布局，我完全同意。"

"谢谢！可我还没有说完。"

"你是说美国分行依然不欢迎年初来的那些中国客人。"

"准确地说是我们根本不要进入中国大陆市场。"

"你们，那是你和风险团队。"

"艾伯纳，中国大陆的金融秩序相当不成熟，也不够专业，与国际金融秩序不够协调。我劝你一定慎重考虑入股中国大陆银行的想法。"

"具体谈谈。"

"我们市场拓展部的调研员已经制作出了报告，就保存在公共文件夹里，难道你没有读吗？"

"我在等风险部直接否定，简单便捷，何必费那么多周折。"

"可这次连市场部都直接否定，又何必等风险部？"

"Ahha，越来越高效便捷。是谁？又是 Rex 和 Rey 那兄弟俩？"艾伯纳说到那兄弟俩，忽然感到一阵紧张，这次洽谈会的参会人名单里有那个约翰·布鲁克教授的名字，他难道又要宣传那兄弟俩？今后又会给谁带来麻烦？

"艾伯纳，具体数据都在报告里，我只给你讲一个真实的故事。"

"好的。"艾伯纳接着去听华德往下说。

华德喝了口咖啡后继续说起来："中国大陆某城市的一家商业银行，一直存在购买存款的现象。每个月，每个季度，每一年统计出的存款总额有大约 50% 是从所谓的'储户'手里购买的，银行支付给'储户们'一定的费用，让他们在银行开账户后存款，存够一定时间，然后存款就被提走，循环往复。银行也自然会接受并满足一些储户提出的条件以便长期合作。总之，那银行统计出的各项数据都不足够精准，无法真实有效地反映出它的运营状况，它是否健康或是有什么疾病？而这些会大大影响投资人的判断。"

"那么，Rex 和 Rey 兄弟俩是否足够精准？"

"艾伯纳，我知道这次我们银行搞的人工智能系统裁员在怀特港引起了轩然大波。你，艾伯纳，我最亲爱的兄长一直在那里独自应付，而且到目前为止，风波看似仍未真正平息。为此，我对你深表歉意，并致以最诚挚的感谢。"

"我的荣幸。"

"可是，就我们的这次工作流程而言，它没有任何偏差，它甚至可以称作相当完美又无懈可击。"

"华德，请你也听我讲一个故事。"

"好的。"

艾伯纳也端起手边的咖啡杯喝了一口咖啡，对弟弟说道："我不得不先承认一件事情，我破坏了怀特港近百年来人们一直墨守的规矩，我把一瓶红酒送给了别人，这瓶酒是史密斯家族赠送给我的，它本不允许被送给其他人，可我还是那样做了。"

"什么？艾伯纳，你，你现在怎么样？"

"我很好。故事的重点并不是我。我要说的是，这瓶酒已经有人替我还给了史密斯家。她替我化解了麻烦。你想知道她是谁吗？"

"谁？"

"她就是在 4 月份刚被我们银行裁掉的员工，一个来自中国的女孩 Chun Hai，原先是我们埃文斯兄弟银行怀特港大楼总部营业厅的一位柜员。她从她的一位朋友那里拿回了红酒，那朋友也是一位中国人，居住在大威尔士港，我们曾经见过面。"

艾伯纳又端起咖啡杯喝了一口，继续说道："我再讲一个故事，它同样发生在怀特港。上周的今天，怀特港一家名叫喜鹊的华人餐厅里被警方搜出了一个非法移民，他姓 Wang，从中国偷渡到这边，一直藏在喜鹊餐厅里做工。警方顺藤摸瓜，又牵出了他的一个亲戚，她涉嫌伪造材料，蒙骗移民局从而获得永久居民签证。想知道她是谁吗？"

"谁？"

"她就是一直工作在我们埃文斯兄弟银行怀特港大楼行政事务部的 Vivien Zhao，我们暂且认为她姓 Zhao，事发当天，她正坐在我们银行办公室里起草着下个月的办公经费预算。"

"什么？这……"

"华德，有时间去问问 Rex 和 Rey 兄弟俩，它们之前做的工作是否没有任何偏差，是否相当完美又无懈可击。"

华德彻底无语。

"请代我向那兄弟俩转达我作为埃文斯兄弟银行创始人的一些建

议，第一，立刻与 Vivien Zhao 终止合同；第二，积极配合怀特港警方有关 Vivien Zhao 的一切调查；第三，用我们的最大力量回报那位中国朋友，他的一位助理马上就会考取注册会计师，请考虑招聘其到埃文斯兄弟银行大威尔士港分行工作。"

"那位 Chun……她在哪里？"

"我只知道她并不有求于我们。"

"那我们是否要……？"

艾伯纳未作任何回答，默默地挂了电话。

艾伯纳讲的第二个故事起因源于黄祖遥的一个建议，他最终还是给出了建议。那晚，被老板炒掉的阿孝刚离开餐厅不久，一辆警车像是早有准备似的开到喜鹊餐厅门前。由于警方接到举报，喜鹊餐厅内有非法滞留居民，结果餐厅被连窝端，老板、老板娘都连带触犯法律。还有兆小促，虽已取得合法身份，可警方根据另一个举报，经调查发现，她与亲戚 Wang 皆有非法行为，并相互隐瞒，知情不报。

黄祖遥觉得当年的自己既像 Wang 又像阿孝。如今已经入籍的他在这里见证着，三十年来，警笛声未曾改变，三十年来，法律未曾改变。兆小促和 Wang 会被送上返回中国的飞机，老板和老板娘作为本国公民会入狱，托尼和阿孝会继续着他们漂泊的打工生涯，或许多年后他们其中有人还会当老板，像自己现在一样见证着几十年来发生的一切。

不分年龄与国界，黄祖遥仍要回头考虑个人感情的事，只因他是男人。他在怀特港又买下了一家中餐厅，觉得自己又拿到了筹码，可以继续和海莼谈，于是拨通了海莼的电话。

"莼，是我，你最近好吗？"

"不错。"

"你也不回怀特港来了。"

"有事就回去，没什么事当然就不回去。对了，黄老板，你那钱还借给我吗？我这边等着交房租吃饭呢。"

"怀特港的中华餐厅也被我买下了。"

"你和我说这些干吗？"

"莼，我和你提过的事你还在考虑吗？"

"我和你提过的事呢？我刚才还提了一遍。"

"莼，只要你和我结婚，我的一切财产全都归你。"

"你都有什么财产？"

"我之前和你讲过了，我在大港有套房子，还有店铺。怀特港这边，你也都知道的。"

"没啦？跟我爸妈的钱也差不多啊！我爸妈骑了几十年自行车，也能攒够这么多钱，不买汽车就是啦。"

"海莼！你……"

"你就比他们多辆 SUV。"

"海莼，我说过了，我是真心喜欢你，我希望你能过得好，我可以让你过得好，我……"

"我找你借钱，你怎么不给？你不借给我钱，我在大港怎么过得好？"

"莼，你知道吗？喜鹊餐厅停业了。薇薇安目前在警局里。埃文斯兄弟银行已经和她解约了。她那个鬼佬男朋友也被中国驱逐出来，听说是向年轻学生过度传教……"

黄祖遥在电话里对海莼讲述着故事的来龙去脉。

怀特港与大威尔士港虽不属于同一个州，可位置相邻，一西一东，一明一暗，中间隔着高山，互不能相望。海莼最初在怀特港，明处，对于怀特港，大港就是暗处。现在她在大港，被中间延绵起伏的山脉隔着，很暗，她边听边眨着眼睛。

"菜不对口。"

"什么？"听着对方突然冒出来的这句话，黄祖遥下意识地问道。

"菜不对口味。"

这次，黄祖遥不再说什么了，明白地挂了电话。

第十三章

破　格

　　海莼并未长着一张职场的脸，她的机遇在职场之外，在海边，在庄园，如果端着电脑坐在那里操作，或许有机会使她呈现出精彩，但这并不可能。她只有在结构清晰、秩序良好的机构里才能够安稳些，就像 CEO 服务的那家公司。海莼工作的财务部门有六位员工，每人都在这个公司里做了十五年以上，他们视公司为家，视工作为自己的事，忙碌之余，同事们在一起愉快地聊天。公司的资源丰富，业绩平稳中连年有升，仿佛是大威尔士港内的宁静港湾，风平浪静的景象连目前风波未平的怀特港都无法比拟。这似乎是嘈杂的大威尔士港内最后的一抹秩序。

　　周六，忙碌了一周的海莼打算去健身。虽然目前她还在试用期阶段，可刚来大港时的那种无望渐渐有所改观，公司的环境相当好，福利待遇也不错。海莼背起网球拍，带着公司发给员工的健身卡，来到大港的一家室内网球馆。时间还早，馆里没有人，海莼从墙边抽出个旧球，举起球拍，对着墙随便打了起来。打着打着，海莼觉得有球声，原来旁边来了一个男人也正对着墙打球。球的节奏感很强，海莼停下来，仔细看着他，他的动作像模像样，俨然一个专业球员。打得这么好，为什么不去场地那边？他是这里的教练吗？海莼转回身刚要抡起拍子对墙发球，旁边的球声停了。

　　"Hello！"那男人向海莼打招呼。

"Hi！"海莼冲他应了一声。

"你需要教练吗？"他问海莼。

"不，谢谢！"

海莼见他还不走开，便问："我妨碍到你教课了？"

"我不是教练。"

"你打得真好！我以为你是教练。"

"谢谢！"

他仍不走开。

"你要不要站得远一点？我的球也许会碰到你。"

海莼见他一动不动，说了一句："我要开始啦！"立刻抡起拍子对着墙发球。那男人一直看着。海莼打了几下，果然，球弹到他身上，然后被他用手接住。

"Sorry！ Sorry！"海莼忙说抱歉。

"没关系。"

"我打得真是糟糕！"

"你的拍子很新，球很旧。"

"我自己没有准备球，只带了拍子，在这里租一个球好贵，只有用那些旧球喽！"海莼说着收起拍子。

"怎么不打了？"

"我不想再说 sorry！"

男人把球放回原位，回去拿好自己的球拍，跟着海莼走出来。

"你怎么不继续打了？"

"我的教练还没有来。"

"原来你是在等教练。"

"是的。"

"那我先走了。再见！"

"这么快就走？你的健身卡允许最长打两个小时的网球。"

"我原本是想那样。"

"一起喝杯咖啡不必说 sorry。"

"我直接走出这里更不用说任何话。"海莼说完顿时觉得自己不太客气，于是又对他说了声，"Sorry！再见！"

"很遗憾。"男子冒出了句中文。

海莼猛地转过头来。

"很遗憾。"男子又重复了一遍。

"你讲中文？还是会讲些中文？"

"我会讲很多语言，包括中文。"

"你叫什么名字？"

"我有很多个名字，包括中文名字。"

"你中文名叫什么？"

"Wen Nuo。"

"什么？"

"Wen Nuo。"

"哪个 Nuo？"

"婀娜多姿的娜。"

"噢，哈哈！"海莼听后不禁笑起来，抬眼仔细打量着他。

这男人远处看肤色挺白，可走近一看并没那么白，比黄种人显得白，比白种人又显得黄。他眼睛比西方人扁，比东方人圆，眼球是一种蓝黑色，比蓝色显得黑，比黑色显得蓝。身材也多元，个子蛮高的，看前身有棱有角，看侧身很厚，又带有些柔韧。总体来看，长得像个"全球通"。

海莼最终还是坚持运动了两个小时后独自走出了网球馆。她从手机上查了查健身卡的有效期是到年底，除了这次网球馆，今年之内还有四十八小时的指定场馆的指定运动健身项目。走在回家的路上,她琢磨着刚才网球馆内发生的一幕。经历了之前那些事情,她对周围环境变得敏感起来,身边只要有一丝不对劲儿,她都会产生警觉。刚才那个文娜,他真是在健身吗?他的模样怪,名字也怪,说的话也有点怪。他问自己需要教练吗?又一直盯着自己打球,然后又要一起喝咖啡,自己转身要走时,他仍在挽留,最后还用中文说"很遗憾"。到底遗憾什么?

周一上班时,趁午餐时间,海莼与同事弗兰克说起了健身。

"周六我去了网球馆。真的好累!那里没有中国人,也没见到亚洲人,都是本国人,他们好强壮,打得太好,我根本不是他们的对手。"

"什么?你去的是不是菲尔德网球馆?"

"是的,它离我的住处很近。"

"哦,亲爱的,你当然打不过他们,因为那里是专业网球运动员训练的地方。"

"什么?可我们公司发的健身卡可以在那里使用。"

"是的,它现在降低了标准,对更多人开放,也是为了扩大客户群。"

"专业运动员训练!"海莼用双手捂住脸,自言自语道。

"学校里面十岁左右的孩子如果被选中到菲尔德网球馆训练那真是件幸运的事情,他们会一直接受高水准的系统训练,直到可以参加专业赛事。当然,淘汰率也很高,最终能留在那里打球的都是非常优秀的运动员。"

"你们在聊什么?"另一位同事走过来。

"你知道吗?我们公司的莼周六去了菲尔德网球馆和那些专业运动员打网球。"

"哦，不要再说了，我真是太蠢了！"

"为什么这么说？你很勇敢！"同事鼓励地夸着她。

"我只是觉得它离我住的社区很近。刚才听弗兰克讲的这些，我才知道原来是这么回事。"

海莼突然打消了警觉，原来是自己无知无畏，还看人家奇怪，人家看自己才像个怪人。

时隔一周，果然，与文娜又有了第二次见面，在大港金玫瑰餐厅里的小咖啡厅内。海莼同样是使用公司发给员工的福利，一张饮品券。

"你好！"文娜主动向海莼打招呼。

"你好！见到你很高兴。"

"我刚才在这里陪客人。"文娜面带微笑地说。

"我来品尝著名的金玫瑰咖啡。"

"我想知道咖啡过后你要干什么？"

"去购物中心。"

"旁边的皇家购物中心？"

海莼笑着点点头。

"你只点一杯咖啡？"文娜问道。

"是的。"

"你在咖啡厅消费满二十元就可以享受餐厅 5% 的优惠。"

"今天我只想品尝咖啡。"

"很遗憾。"文娜又冒出这句中文。海莼已经习以为常，没有说什么。

"我先走了。希望你能尽快享用到金玫瑰餐厅的美食。"

"谢谢！再见！"

海莼和他告别后继续品尝着咖啡。其实今天一见到他，海莼就觉得不好意思，都是因为那天去健身房自己的表现，唉，真是……

皇家购物中心环境真好，还那么丰富，海莼逛了三个多小时，到晚饭时间了，她不想回去再做饭，索性走进一家日式料理店吃晚餐。

7月里，公司的月、季度财务报表全出来了，依然出自亚洲海洋事务所。海莼坐在办公室的电脑前看着报表，无可挑剔，净利润比去年同期增长了近50%，不良资产率低，约占总资产的1%，负债不算高，坏账控制在可接受范围内，投资收益率也可观。真是个健康的公司！海莼心里想着，一抬眼，忽然看见一位男子正在和财务部经理说话，虽然隔着玻璃隔断，可海莼每天还是能够将财务经理办公室里的一切看得清清楚楚。那男子不知什么时候进去的，不像是公司的员工。海莼听不到他们说的话，只见他们一会儿在电脑前操作几下，对着系统说着什么，一会儿又相互交换些文件给对方看。那男子西装笔挺，举手投足间都透着专业。他的表情也是一副职业的模样，真像个会计师。在财务经理那里干什么呢？看那样子不像一时半会儿就走，要待上一阵子。

整整两个小时过去了，那男子开始收拾东西，仔细地把一份份文件装进包里，最后拿起包向外走，财务经理送他出门。不一会儿经理回来了，简单收拾了桌上的文件，然后从柜门里拿出一大包咖啡豆，往办公桌上的小罐子里倒满一罐，又拿了两颗，走到咖啡机前准备冲咖啡。快到午饭时间了，他的动作越发轻松起来。

刚才的这一幕又使海莼脑子里冒出一阵警觉，她看看电脑里的财务报表，又看了看经理那悠闲的神情，一切都是那么健康，为什么自己又莫名地警觉起来呢？

中午十二点了，财务经理走出去吃午餐，海莼等经理走后，立即走向玻璃隔断前，看到他桌上的一本文件，原来是 J&H 会计师事务所的宣传册。海莼突然想起来了，公司的一部分业务是委托 J&H 去做。她记得刚到亚洲海洋的时候，曾经被维卡斯指派去 J&H 送一份资料。它们都在市中心，离得不远。刚才那位应该是 J&H 的会计师来和经理说业务方面的事。海莼顿时打消了又一次冒出来的警觉，于是乘电梯下楼出去吃午餐，脚步也稍稍轻松下来。

临下班时，海莼的工作邮箱里新进来一封邮件，主题是"第三季度客户联谊活动日程"。海莼点开它一看，是由公关部发来的，收件人是公司全体员工，和上季度一样，普通员工都可以申请报名参加，只是需要自费。这次是什么有趣的活动？海莼忙往下读着邮件里的内容：

周六一日活动如下：

9：30am—11：30am 菲尔德网球馆打网球

——如果你想挑战自己，好的，去菲尔德和选手对垒！
Let's go！

12：00pm 金玫瑰餐厅及咖啡厅享用午餐

——一次集美味与高贵于一体的完美体验！ Catch it！

3：00pm 皇家购物中心顶层观光厅观光大威尔士港城市全貌及 AI 科技展示

——再登上一次吧！为你带来全新感受！

6：00pm 观光厅内享用日式料理

——日比野，艾州投资洽谈会的伙伴！

晚饭过后，海莼一边洗碗一边回想着邮件中的活动日程，怎么和自己在那两个周六游逛的路线吻合？还有，那两次都见到了同一个人，文娜，他和公关部邮件里的那个行程有什么关系？其实海莼很善于发现蛛丝马迹，就像她在埃文斯兄弟银行的营业室里发现了问卷调查的不对劲，并产生了怀疑，可那时的她并没有将怀疑坚持到底。这次，海莼决定坚持。之前她的心头好像总有一份顾虑，对任何事物都会顾及，总是再三考虑，这种顾虑一直约束着她。而此刻，它们瞬间消失了，她放开脚步，不顾一切地去证实她心中的怀疑。

活动日那天，海莼掐好时间，直接来到皇家购物中心一楼，正好观光厅专用电梯外有五个人在等待，平常电梯门口会有工作人员查看观光厅入场券，海莼看看周围，今天并没有工作人员。这时，电梯门开了，海莼便跟着人们走了进去。电梯里的服务生按了一下按钮，电梯门关上了。开始上升，海莼站在里面虽然身体很平稳，可是心却迫不及待地想升入云端。

几十秒后，电梯停住了，门开后，阳光向电梯里的每个人照过来，海莼顿时感觉眼前一片光明，同行的客人们赞叹道："真是个好天气！这里感觉棒极了！"服务生将客人们送出电梯，微笑着说道："玩得愉快！"走出电梯的几个人也一起向他摆手："谢谢！再会！"电梯门慢慢合上了，服务生那张笑脸也逐渐消失在电梯门里。海莼此时已身处明亮的观光厅中，她看看时间，正好下午三点。阳光好得让海莼差点儿就享受起来。不行，她立刻意识到自己今天来的目的，一下子警觉了起来。忽然，海莼看到了一位公司同事，是公关部的泽尼娅，正朝电梯这边走来。

"Hi，你们好！"泽尼娅向新来的一行客人们打招呼，然后站到一张桌子内侧为他们签到。海莼并没有站过去，自己开始在宽敞的大厅里走起来。泽尼娅招呼完客人们之后朝海莼走来，海莼笑着说："Hi，泽尼娅，你好吗？"

"非常好，谢谢！有什么可以帮你？"泽尼娅带着职业微笑对海莼说，在她眼里，海莼与今天公司请来的客人没有区别，她的工作就是服务于他们。

"泽尼娅，你今天穿的衣服真漂亮！比起平日里的你更加光彩。"

"哦，谢谢！为了今天的活动，我昨天下班特地来皇家购物中心挑选了这套衣服。"

"是吗？哪一家店？"

"布朗之家，在一楼香薰屋旁边。"

"一会儿我也想去看看。"海莼嘴上在和泽尼娅随意聊天，可脑子里一直在想着自己有什么可以让她来帮助，一定有，她一定可以给自己提供到帮助。再想想……

"布朗之家的会员可以享受优惠。如果你不是那里的会员，我愿意把我的会员卡提供给你，你可以用我的会员信息享受优惠。"泽尼娅继续说道。

"真的吗？太好了！谢谢！"

泽尼娅从手机里找出自己的会员卡信息，对海莼说："你用手机拍下来，支付前出示给店员就好。"

"好的。"

跑题了！会员卡可不是今天自己想要得到的东西。海莼实在无话可说了，也不太好再打扰泽尼娅的工作，刚想要对她说"我去窗前瞭望风景"，这时，电梯门开了，从里面又走出一拨客人，泽尼娅看到他们，和海莼轻声说句抱歉后，忙上去迎接，依然带着职业的微笑。

今天居然一路通畅地来到观光厅，未曾有任何人询问，看来有些顾虑是多余的，大可不必的。海莼此刻更加地有勇气。咦，那不是文娜吗？海莼从那些客人中一眼认出了他。那拨客人看上去都是亚洲人模样，他们排着队按顺序一位一位地在跟泽尼娅签到，像是初次来到这里。海莼数了数，一共六位。只见泽尼娅手里拿着笔一边在纸上画着签到标记，一边耐心地为客人们解答着问题，然后，亲自带领客人们向观光厅的里面走去，边走边介绍。

海莼大步地走向那边，来到桌子面前，两只胳膊架在桌面上，举起手机看起来，而余光却一直扫着桌上的那张纸，确实是张签到登记表，有两组人名字后面打着标记，第一组都是英文名字，应该就是与自己同上电梯的那拨客人。第二组有六个名字后边打着标记，而且名字的写法有点怪，不是英文名。前两个像是日本名字，第三个，不太熟，第四个和第五个像是韩国名字，第六个，有点怪。海莼凭记忆迅速地记下了"不太熟"和"有点怪"这两个名字。

这时，泽尼娅回来了，海莼见她过来，用手晃了一下手机，主动问道："亲爱的，你知道这里有没有网络？"

"恐怕……"

"我想我还是下到地面去吧。"

"莼，这里目前没有什么活动，如果你愿意，可以先去布朗之家看看，大约一小时后，这里会为客人播放宣传片，到时你再回来观看。"泽尼娅一字一句地说着，依旧非常职业。

"知道了，谢谢！"

这时，电梯里又出来几位客人，有说有笑，泽尼娅接着招待起他们。海莼等客人们都走出来后，连忙走进电梯，又跟着满面笑容的服务生下楼去。

一楼的网络信号非常好，海莼找了片安静区域，凭着记忆，从手机上搜那两个名字，第一位"不太熟"，是星光集团的股东，这人的照片确实不太熟。她接着搜第二位"有点怪"，照片出来后，果然是文娜。海莼仔细读着他的个人简介，2006 年至今，一直在 TOP C

集团任职，如今是集团亚洲区副总裁。他应该常在亚洲，可近日他却一直在大港，今天又作为客户被公司邀请。海纯又回想了一下刚才上到观光厅的三拨客人，一位都没见过，只有文娜，她最近连续见过他，今天已是第三次。

海纯重新走回到观光电梯门口时已经是下午四点半了，电梯门口同时还有两位推着餐车的年轻服务生在等待，海纯看到他们身上的工作服，正是上次吃料理的日比野。

"请问你们是要去顶层观光厅？"

"是的。"

"这么早？"

"客人要在晚上六点开始享用，我们需要提前准备。"

菲尔德网球馆、金玫瑰餐厅、皇家购物中心的日比野和大厦顶层观光厅，文娜，文娜他那天是不是也在料理店里。海纯越来越贴近真相，再去深挖一步，继续！

在埃文斯兄弟银行里，在兆小促、黄祖遥面前，海纯一贯地不去说破，可此时此刻，她终于不想一如既往。再次走出电梯时，她听到观光厅里正在为客人们播放着宣传片，中间不时插播着广告，是 TOP C 集团的宣传广告！海纯耳朵一边听，眼睛一边四下寻找着文娜，见他站在窗前正和身边的一位客人说话，于是大步地来到文娜面前，站在那里，看着他们。

其实文娜也早就看到了海纯，刚才还回到那桌前，从泽尼娅嘴里得出海纯是公司财务部员工，并非公关部。这和他之前掌握的信息一致。可文娜不清楚她今天为什么也来到这里，于是一直观察着。

海纯仍旧站在那里，听着二人的谈话，她心里觉得奇怪，怎么我们公司的财务情况一直被他们二人谈论着？海纯打量着文娜面前的男人，直觉让她感到他是位会计师，难道是 J&H 会计师事务所的人？她一动不动，不躲避，不逃脱，是要从这高耸入云的大楼中突破云层，还是要俯视窗外的大地一探究竟？海莼把身体贴近玻璃窗，可以看到这座大楼与地面衔接的最底端。还能继续探到大地更深处吗？海莼低着头，一直看着。终于，她的这份不动换来了文娜步子的挪动。文娜与那人说完后，走近她。

"你果然在这里。"文娜首先说道。

"你好！这么巧。"

"这里的确是个欣赏美景的好地方，非常感谢公司组织的这次活动。"

"不必客气，我想公司会非常荣幸为客户服务。"

"不过今后恐怕会有些变化。"

海莼听着文娜的这句话感觉刺耳，浑身上下的汗毛孔仿佛都张开了，心也突然收紧。是不是因为这话离自己的预料越来越近？

"有哪些变化？"海莼直直地问道。

"客人还是这些客人，但也许会换一座楼去看风景。"

海莼茫然地看看四周，然后，视野又回到窗外。对面林立楼宇中的一座正是 TOP C 集团大威尔士港分公司的所在地，大楼顶上 TOP C 几个字母已经亮起来，在傍晚时分显得特别耀眼。

"真亮！"海莼不禁说道。

"而你的公司已经见不到了。"

海莼的心收得更紧了，可话匣却就此打开，"公司本就不容易见到，不管是站在这里纵览，还是走在喧嚣的市区。它就是隐藏在大威尔士港内的一个宁静港湾。可是，随着你的到来，这个喧嚣港口内最后的一片宁静也被打破了。"

"我感到非常抱歉。"

"公司真的很好，无论设施还有人文环境真的都很好。它有稳定

的资源作保障，使得公司持续运转。每年度的财务报表上显示财务
状况良好，公司总体上很健康。即便是……TOP C……"海莼停顿
了一下，看了看文娜的脸，他在认真地听着，于是接着说："即便是
TOP C 也难得有这样健康的状况，它的利润虽然高，可是它的负债
也过高，濒临坏账。它涉足的领域太多，财务状况显得太多样。它
就像是个同时将各种各样的衣服穿在身上的人，不同款式，多种色
彩，又很厚，看不出人的模样，被一堆衣服裹着，越来越不像人，
身体也越来越重。"

文娜听后，眨了眨他那双"全球通"般的眼睛。

那边送寿司来了，料理店的服务生推着餐车为客人们送上美味
的寿司还有饮品。推到文娜面前时，他取了一份，又拿了瓶矿泉水。

"你要不要来一份？"他问海莼。

"不，周六那天在楼下的料理店我已经品尝过。"她说这话的时
候，紧紧盯住文娜的眼睛。他目光平稳，没有任何反应。等服务生
走后，文娜先打开水喝了一口，然后咬了一口寿司，嚼了嚼，咽下
去。海莼刚想问他是不是第一次品尝这家的寿司，他又开始和她说
起话来。

"你觉得是健康的人做事情结果好还是身体不健康、思想偏执的
人做事情结果好？"

"你认为呢？"

"非凡伟大的成就往往都是由那些一直在追求的人做出的，他们
不顾一切，所以身体或思想在医生或者众人眼里都有些麻烦，比如
失调、偏执，甚至透支。就像一只鹰，我并不认为鹰是健康的动物，
至少机体不平衡，因为它杀气重，可它能够翱翔长空去猎食。在没
有稳定的食物来源时，它会很快地捕捉到食物。"

"我一直在向往与追求一份真正的环境，当我来到这里，工作

了一段时间，我觉得我找到了，我多年的努力与追求没有枉费，我对曾经放弃的诱惑也从不后悔。为什么要打破它？它真的值得保留，值得维护爱惜。"

"除非把它改成宫殿，让它与大港的熙熙攘攘共存。它只是家公司，具有公司的一切属性，也要经历公司该有的命运。"

"这算是被收购？"

"法律上是这么讲。可我个人更愿意讲成延续。"

"延续？我们员工怎么延续？"

"延续是……"文娜正要大谈一番，可上下打量了海莼一番后，还是止住了。她一副少女模样，该怎么对她讲延续？算了。

"你是我来到大威尔士港见到的第一位即将被收购的员工，在大威尔士港，你也算是从我这里第一个知道这消息的员工，你当然有机会最先做出选择。"文娜一本正经地说。

海莼半信半疑地听着他所说的话。

"选择？我除了再去应聘还有什么选择？还有，你们集团到底是哪边在负责收购？"

文娜又咬了口寿司，咀嚼起来。

"鹰，你快说！"

"这次收购是由我们亚洲区发起的，全部业务今后也都归亚洲区所有，和大港无关。我们需要会讲中文的人，你当然可以去我们公司，被我们公司吸纳，可是你要的那份环境恐怕不会再有。你当然可以去找男朋友，被男人娶进门，可是你要的那份情感恐怕难以满足。找个公司，嫁个男人，还是追求环境，享受真情，你不是有那么多选择吗？"

海莼听到这话出自面前这个陌生男人之口，感到有些激动，他这么熟悉女性？他这么熟悉自己？果真是个"全球通"！于是说道：

"希望你们能够赋予公司新的生命，让它活得更好，让它的生命无尽地延续。"

说完后，海莼的心松弛了许多，话匣好像还没有完全收住，她冷静了一会儿，又说道："另外，我还想问，刚才在你面前的那位先生是谁？他是不是来自 J&H 会计师事务所？"

"J&H 会计师事务所的合伙人杰夫·安德森先生。"

"如此健康的公司被收购，这 case 是不是有些难为他了？"

这一次，海莼的心彻底放松下来，心里的话也全都讲了出来，彻底地讲完了。

文娜一直没有再咬手里的寿司，他听出海莼心底的那份激动，同时对她自己服务的这家公司充满不舍与惋惜。他一手拿着水，一手拿着剩下的一小块寿司，自言自语道："没有酱油，我说味道怎么差了些。"服务生推着餐车又转过来了，等他走近后，文娜便问："有没有酱油？"服务生取出两包放在两个小盘子里任他选择，他熟练地拿了其中一种。海莼回想起那天自己在店里用餐时，服务生向自己专门推荐了这款酱油。她刚想问他为什么挑这款酱油，又一次被文娜抢先说道："这家公司的确纯粹，多年来一直都在雇用本国人，而且人事变更率很低。你能够进入到这家公司工作，看上去令人非常意外。"

文娜这么一说，海莼突然也感到意外起来，她回想起当初的情境。那晚从厉玄家里出来后，她便开始琢磨着继续寻找新的工作机会。短短几天后，就被维卡斯电话通知去这家公司帮忙，因为公司财务部需要临时的人手。作为自己的大客户，维卡斯尽一切可能去为其服务。在公司财务部干了两周以后走，便听说财务部原来有个被砍掉的职位又被人力重新恢复了，财务经理问自己愿不愿意申请，就这样，最终被公司录用了。如此看来，这过程的确是有些顺利。

可惜还没过试用期，便出了这个状况。

文娜没有再打扰海莼的思绪，悄悄地走开了。

活动在晚间结束，客人们望着大港美丽的夜景灯光纷纷不舍地离去。海莼也随着人们往电梯处走去。

"莼，请稍等。"泽尼娅站在那张桌子边欢送着客人，见到海莼后便将她喊住。

"有什么事？"

"一位先生让我把这个转交给你。"泽尼娅拿出一个信封伸手递给海莼，"你们两人下午好像一直在交谈。"

"谢谢！"

海莼接过信封后突然回想起今天自己的表现，长这么大，今天算是最大胆又最不规范的一天，自己把自己的格局冲破了。

"泽尼娅，我参加了今天的活动，可事先并没有报名，请问需要付费给公司吗？"

"给你信封的那位先生刚刚为你免掉了费用。"

"他？"

"今天的活动是由两家公司共同组织完成的，我们公司只是其中一家。不管怎样，莼，非常感谢你来参加活动，晚安！再见！"

第十四章

八月里

厉玄一直没有回大港，仍然在国内。已经进入了八月，他的周围异常安静，AA 鞋业怎么也没了动静？按捺不住内心的猜测，他觉得是时候给 AA 打个电话了。

"喂！汤总吗？"

"不，我是他助理。您是厉先生？"

"是我。汤总现在忙什么呢？"

"厉先生，您好！汤总正在见客人。有什么事情我可以为您转达。"

"我就想问问艾州科技园的会怎么样？有收获吗？"

"厉先生，您还不知道吗？日本 TTM 公司的股价突然大涨，这让欧勒家族对其进行收购有些麻烦，因为股价太高了。TTM 的财务顾问正在想办法重新制订方案。据说欧勒家族很不开心，想要暂时搁置这个项目。而且，TTM 的财务顾问团队也被双方企业怀疑。"

"怀疑他们？"厉玄问道。

"怀疑是他们泄露了信息。你知道吗？艾州科技园的投资洽谈会刚一结束，TTM 的股价就开始暴涨，让所有人大吃一惊。"

"你们见过那个马耳亿了吗？"

"见过，感谢您的引荐。就是他们投行最终成为 TTM 的财务顾问，没想到出了这个情况。"厉玄没回应，助理忙说："不过，马先生看上去人很好，我们不相信是他。"

"也就是说，接下来的中国市场业务更要被搁置了。"

"看样子是。双方目前正在处理这棘手的麻烦，我们还没什么机会进入。"

"这次去还有其他收获吗？"

"有。"

"那就好。"

厉玄挂断电话后火冒三丈，怎么会是这样！他依然气盛，虽然人到中年，步子稍微缓和了些，可心中仍有股强烈的气流上下起伏。他看了看时间，怀特港那边此时应该是下午近五点钟，顾不得那么多了，又立刻拿起手机查到埃文斯兄弟银行的客服电话，按照国家代码、区号拨了过去，果然接通了，一个清晰又甜美的声音问候过来："你好！请问有什么可以帮你？"

"你好！我的名字叫 Lyndon，我来自中国，请问我能否和艾伯纳·埃文斯先生讲话？"

"你有没有和他预约过？"

"对不起，没有。"

不一会儿，电话转接过去了，传来了艾伯纳的声音："你好！我是艾伯纳。"

"你好！我是 Lyndon，还记得我吗？"

"哦，我记得，是 Li 先生，你好！"

"艾伯纳，最近还好吗？"

"我很好，谢谢！你还好吗？"

"很好，谢谢！艾伯纳，我有事想咨询你。"

"请讲。"

"如果我想从银行贷款，你觉得有可能吗？"

"当然。"

"那么，如果我想投资，是境外投资，可不可以申请贷款？"

"抵押资产，可以得到贷款，不过那仅仅会是一小部分，周期也很短，不超过一个季度就要偿还。但是我想，Li 先生可能需要更大一笔贷款。"

"你说得对。"

"那恐怕需要更多的信任，更大的抵押，还要还回更高的利息，不知 Li 先生能否承受？"

"好，我清楚。"

"Lyndon，我心里真的很想为你提供帮助。小型贷款，我愿意帮忙，甚至可以最优先考虑。"

"谢谢！"

"我们银行随时欢迎你的朋友来投简历。"

"谢谢！"

这次挂断电话后，一股失败感顿时从厉玄心里升起，事情没有进展，感情没有回报。他失望极了，拖着沉重的双脚回家。

天色已晚，厉玄的脸也被这夜色渲染成了黑色。他刚一走进家门，手机响了，又显示"岑晓"来电，这次来电话的人是谁？要不要接？厉玄犹豫着。手机铃声不断地响，厉玄端着手机又等了一会儿，响声还是不停，他清了清嗓子，点了接通。

"喂！"

"你真是好找。"

"岑……岑行长，是你吗？"这声音才是他！不过，厉玄仍小心翼翼地问对方。

"我是岑晓。"

"你好！"

"上次大家都在等你。"

"谁？在哪里？"

"当然是在艾州科技园的投资洽谈会上。"

"哦，你也去参加了？"

"是啊！"

"……公事还是私事？"

"……我未身兼要职，于公于私都说得通。"

都是怎么搞的？他一把将手机扔到沙发上。他要喝点酒了，多好的深夜，多好的红酒。深夜何其多？不要浪费掉，又白白地睡一夜，天明生遗憾。他倚在沙发一角，枕着靠垫，往事随着一杯杯红酒流淌出来。他开始自言自语吟起了诗："至近至远东西，至深至浅清溪。至高至明日月，至亲至疏……至亲至疏……什么来着？"厉玄的头晕乎乎的，极力地想着后面的词，就是想不起来。他又伸手够到手机，打开微信说了一句话："假如你与我生活，将如何？"然后发给了海莼。不一会儿，回复来了："假如我与你生活，在刚走进生活的一刹那我会彻底失去原来的我，我不愿放弃最初的我。"他看后，再次扔掉手机，闭上了眼睛。

凌晨，手机响起了，他的眼睛已经睁不开了，一只手在沙发上摸来摸去，就是摸不到，铃声不断地响，"啪"的一声，手机从沙发滑落到地上，他把上身向前探，凭感觉伸手向地面乱划几下，摸到了！他笑着捡起来，不情愿地睁开眼睛，接通了手机，说了一声"Hello！"马上又闭上了眼睛。

"喂！老板，我是小许。您知道吗？我们利克斯上电视新闻了。"

"哦，怎么可能？"

"都市早间新闻刚播过，就提了一句：'为本次正合科技投资集团与民营企业深化合作提供支持的有利克斯进出口贸易有限公司等数十家企业。'呵呵!"

"知道了。还有,我上午不去公司,帮忙盯一下。"

"好的,您放心。"

厉玄结束了通话,放下手机,拿起遥控器,打开电视机,调到节目回放,从头看起了都市早间新闻。然后又关了电视,放下遥控器,拿起手机,拨通了个电话。

"猴子,起床了吗?"

"刚起。"

"打听一下,正合科技投资集团是新成立的吗?"

"那个啊,今年初成立的。那可是市里重点关注的企业,市领导对其寄予厚望,使了不少劲儿在里头。"

"国有控股?"

"那是绝对的,市里投了不少钱进去,就是想壮大科研力量,用于民生。"

"靠什么经营?"

"娶进来不少民企,当个大丈夫。"

"夫妻,是夫妻!"厉玄听到猴子这么一说,猛然想起了那句诗,不禁脱口而出。

"大丈夫牢记嘱托,不看大家闺秀,专盯小家碧玉。"

"你说话可注意点儿。"

"都这么说,就是这么个理儿嘛。"

"霖瀗银行参与了没有?"

"有。"

"那个霖瀗银行是什么情况?"

"我上回跟你说到哪儿了?"

"杀鸡。"

"它不是被查了吗，之后呢，分行那个小行长就上蹿下跳地开始活动，消除影响，挽回面子呗。那小子挺能干，也有灵气儿，给大丈夫弄来个小家碧玉娶进了门，两厢情愿。大丈夫跟媒人借钱就方便多了，媒人借给大丈夫的钱可多可少。"

"比例协调。还有呢？"

"没啦！"

"孩子呢？"

"不知道，那要看双方今后的感情。"

"孩子也能找媒人要钱。"

"那才有多少？"

"看来媒人干得不错。"

"当媒人不易，这里面有想直接摘果子坐享其成的，有对媒人的做法有争议的，还有从中作梗搞破坏的，差点儿搅了这桩'婚事'。"

"这么缺德！"

"据说媒人被保护起来了。不管怎样，市里对待这件事情态度坚决，对阻止和破坏企业间合作的非法行为一定严查严办，绝不姑息。"

"猴子，谢啦！这个月咱们就去草原，到时候我告诉你大丈夫和小媳妇的感情是好是坏。"

厉玄的头还是晕，可心却踏实下来，心满意足地又进入了梦乡。

海纯挂了黄祖遥的电话，回复了厉玄的问题，只剩下 TOP C 集团的职位，还有那份追求等待着她去选择。

八月里，TOP C 集团亚洲区人力资源部接到一封来自总部的邮件，上面写道：

财务助理职位申请人：海莼　　评估结果：未通过

依据：一份"记忆"

　　收件人里也有文娜，他看过这封邮件后，耸耸肩，无奈地说道："真的很遗憾！"